緒 二
イラスト：いちかわは
ママ友と育てるラブコメ
The Love Comedy Which Nurtured With a Mom Friend
SAMOEDO

JN049642

暁山《あきやま》澄《すみ》
暁山《あきやま》郁《いく》
雨夜《あまや》瑞貴《みずき》

昏《くれ》本《もと》
響《きょう》汰《た》
昏《くれ》本《もと》
想《そ》夜《よ》歌《か》
柊《ひいらぎ》
ひかる

「郁が見てるわ。待ってて、今お姉ちゃんが美味しいカレーを作るから」
「作ってるのほとんど俺だけどな」

SAMOEDO
相変わらず、弟が関わると
テンションが高い。
口数が多いのは、
郁に料理を作るという状況を
楽しんでいるからなのかな。

【休日】駅前にて

「待たせたわね」

Contents

昏本響汰【くれもと きょうた】

妹が大好きな高校生。親の代わりに妹の面倒を見ている。

暁山 澄【あきやま すみ】

弟が大好きな女子高生。容姿端麗・頭脳明晰な孤高の少女。

昏本想夜歌【くれもと そよか】

響汰の妹。わんぱくな性格の3歳児。

暁山 郁【あきやま いく】

澄の弟。大人しい性格の3歳児。

雨夜瑞貴【あまや みずき】

響汰の友人。さわやかイケメンでクラス一のモテ男。

柊 ひかる【ひいらぎ ひかる】

響汰、澄の同級生。クラスのアイドル的存在の美少女。

ママ友と育てるラブコメ

The Love Comedy Which Nurtured With a Mom Friend

緒 二葉
イラスト：いちかわはる

一章　妹は世界一可愛い。

The Love Comedy Which Nurtured With a Mom Friend

うちの妹は世界一可愛《かわい》い。

朝のHRが始まるまでの時間は、想夜歌《そよか》の写真を見て過ごすと決めている。

見てくれ、今朝撮ったばかりのこの写真を！

口いっぱいに食パンを頰張《ほおば》って、リスみたいになっているんだ。しかも、おでこにジャムが付くという超常現象まで起きている。天才かな？

「ぐへへ……想夜歌が今日も可愛い……」

天使だ。天使が俺に笑いかけている。ああ、きっと春が暖かいのは妹が笑っているからなんだな。

生まれた時から可愛かったが、歳を重ねるごとにどんどん可愛さを増している。

昏本《くれもと》想夜歌は現在三歳。この春から幼稚園に入園する実の妹だ。俺、昏本響汰《きょうた》は高校二年生になったばかりの十六歳だから、十三個離れていることになる。

幼稚園の三年間でどんな女の子に成長するのか、今から楽しみで仕方ない。同時に、今のままでいて欲しい気持ちもある。

「見ろ、暁山《あきやま》さんだ」

「今日も美しい……」

俺が想夜歌に思いを馳《は》せていると、教室がざわつき始めた。

俺の脳内スキンシップの邪魔《じゃま》をするなんて、どこの誰だ。

何事かと顔を上げて、すぐに納得した。

一人の女子生徒が登校してきたのだ。

「俺、暁山さんと同じクラスだなんて未《いま》だに信じられねぇよ」

「暁山さんかっこいい……」

教室のあちこちから、感嘆の声が上がる。

前方の扉から颯爽《さっそう》と入って来た彼女は、一瞬で教室の空気を塗り替えた。

彼女の歩みは、あたかもその場を幻想的な空間に作り変えるよう。

「モデルみたい……」

腰まで伸びた黒髪がさらさらと揺れる。反面、切れ長の瞳と凛《りん》とした表情には一切の揺らぎはなく、注目の最中にあっても気にした様子はない。

すらりと長い脚と高めの身長、華奢《きゃしゃ》な身体《からだ》つきと、端整な顔立ち。それらが絶妙なバランスで合わさり、一種の芸術品のような美しさを誇っていた。

控えめな胸部さえ、彼女の儚《はかな》げな美しさを際立たせている。

彼女の名は暁山澄《すみ》。学年で知らぬ者はいない美少女だ。

恵まれた容姿を持ちながら、定期テストでは常に学年一位に君臨する秀才でもある。

まさに才色兼備。誰もが憧れる美少女。その評価は決して過大ではない。

一年生のころから噂《うわさ》は耳にしていたけど、同じクラスだとここまで存在感があるとはね。

たしかに、掛け値なしの美少女であることは間違いない。

けど、俺はあまり興味ないんだよな……。

彼女の姿をちらっと見て、すぐにスマホの画面に視線を戻した。

「俺、今日こそ話しかけてみようかな」

「やめとけって。お前なんて相手にされねえよ」

「だよなぁ。誰とも仲良くしないし、住む世界が違うっていうか」

新学年が始まって数日。毎朝のように聞くやり取りだ。

しかし、誰も直接話しかけようとはしない。

暁山《あきやま》は誰とも親しくしないことでも有名だ。最低限の会話はするものの、基本的に塩対応で冷たい。いつも一人でいる姿は、まさに高嶺《たかね》の花といった様相だ。

そのミステリアスさが彼女の人気をさらに押し上げているのだから、美人は得だよな。

俺とて彼女にまったく興味がないと言えば嘘《うそ》になる。人並みに美人は好きだ。男たちが騒ぐのも大いに理解できる。

だが、俺は妹の写真を眺めるのに忙しいのだ。

「想夜歌《そよか》……俺はなんで高校生なんだ。想夜歌の背後霊になりたい。そうしたらずっと側《そば》にいられるのに」

暁山何某《なにがし》のことは、すでに意識の外だ。

この世に想夜歌より優先することなんてある？

そんなことを考えていると、机の前にイケメンが立ちふさがった。

「おはよう響汰《きょうた》。相変わらず気持ち悪い顔してるね」

「瑞貴《みずき》か。仕方ないだろ、想夜歌が可愛《かわい》すぎるんだから」

「気持ち悪いってところは否定しないんだ」

雨夜《あまや》瑞貴がくつくつと笑って肩を震わす。

眩《まぶ》しすぎて目が潰《つぶ》れそうなほどの爽《さわ》やかイケメンだ。学内の女子で一番有名なのが暁山澄《すみ》なら、男子で最も目立つのが瑞貴である。なんで同じクラスにした……。

「まあ響汰の妹好きは今に始まったことじゃないか」

「俺が生まれた時からそうだ」

「いや想夜歌ちゃん何歳よ」

すかさず、瑞貴が突っ込む。想夜歌が生まれる前からこうなる運命だったんだよ。

やれやれ、瑞貴とは去年から同じクラスなのに、まだ想夜歌の魅力をわかっていないようだ。

彼は前の席に勝手に座り込んで、足を組んだ。

いつもなら雑談に興じるところであるが、どうもそういう気分にはなれなかった。暗い顔を見せまいと、瑞貴《みずき》から視線を外す。

「なあ瑞貴。俺、学校になんて来ている場合じゃないと思うんだ」

「……一応聞くけど、なんで？」

「わかるだろ？　明日は想夜歌《そよか》の入園式なんだ！　ついに幼稚園児になるんだぞ。学校なんて休んで、明日に備えるべきだろうが」

「うん、わかるわけないね」

真新しい制服に身を包む想夜歌の写真を開いて、瑞貴に見せつける。様々なポーズで、その数は二十枚にも上る。これでも、かなり厳選したのだ。ついでに周りの生徒にも見せびらかした。想夜歌の可愛《かわい》さは日本の宝だからな。しっかり広める義務が俺にはある。

「あれ、想夜歌ちゃん、全然カメラ向いてなくない？　まさか盗撮……」

「撮りすぎて嫌がられた……」

「あちゃー。さすがロリコン」

「せめてシスコンと言え」

想夜歌が大好きなのは事実だけど、断じてロリコンではない。俺が好きなのは想夜歌だけである。

女子生徒からは「昏本響汰《くれもときようた》、ロリコンらしい」「顔は悪くないのにロリコン」「ロリコンであること以外は良い奴」と評判である。やれやれ、想夜歌の可愛さがわからないとは見る目がない。

「あはは。響太は普通にカッコいいんだから、ロリ……シスコンっぷりを隠せばモテそうなのに」

「正統派イケメンのお前に言われても嫌味にしか感じないんだが？」

そして、隠す必要性を感じない！

想夜歌が可愛いのは世界の常識だからな。

「モテたっていいことばかりじゃないけどね」

瑞貴は肩をすくめて苦笑した。

去年から同じクラスだったけど、こいつめちゃくちゃモテるんだよな……。それはもう、本人が嫌がるくらいに。

高身長でイケメン、優しくて気が利《き》くという三拍子も四拍子も揃《そろ》った男なのだ。モテないほうがおかしい。あと男からの人望も厚い。

テニス部の大会でも結果を残しているし、神はこいつに色々与えすぎだと思う。

「あ、そうだ瑞貴――」

今日の体育は……と続けようとした。

その時、ふと背後から視線を感じて、言葉を止める。

嫌な予感がする。

恐る恐る振り返ると、そこには孤高の美少女、暁山澄《あきやますみ》が立っていた。

彼女は俺を……いや、俺が持つスマホの画面を見て、眉根を寄せる。

「……幼女趣味」

「な⁉」

ぼそっと、消え入りそうな声で彼女が呟《つぶや》く。抑揚がなく、冷徹《れいてつ》で突き放すような声音《こわね》だった。

俺が反論しようと立ち上がった時には、彼女はすでに背中を向けていた。

そして、ちょうど始業のチャイムが鳴ったことで、文句を言うタイミングを完全に逸した。

呆然《ぼうぜん》と彼女の背中を見送ってから、諦《あきら》めて席に着く。

暁山が能動的に声をかけるなんて珍しい。同じクラスで一年を過ごしても、関わることはないと思っていた。ちょっとした希少体験だ。

だが、内容についてはいただけない。

俺は幼女趣味ではない。お兄ちゃんとして、妹を愛しているだけである！

二章　妹に幼稚園の制服が似合いすぎている。

The Love Comedy Which Nurtured With a Mom Friend

「お兄ちゃん、よーちえんだよ！」

「そうだぞ想夜歌《そよか》、今日は入園式だ！」

リビング中央。ソファの上で仁王立《におうだ》ちする想夜歌が、堂々と言い放った。

制服が似合いすぎている。え、オーダーメイド？　想夜歌のためにデザインされたの？

ついこの前までハイハイしていたのに、いつの間にかこんなに大きくなって……。妹の成長に涙が出てくる。ブレザーを着た姿は大人っぽくて、でもやっぱり背伸びしているようにしか見えなくて、微笑《ほほえ》ましい。三年間でばっちり着こなす女の子に成長してくれるのかな。

「お兄ちゃん、すぐなく」

年を取ると涙脆《なみだもろ》くてな……。

しかし、入園式が土曜日で良かった。いや、仮に平日だったとしても学校を休んでいただろうから、あまり関係ないか。二年生の序盤なんて、どうせ大した授業はやらないのだ。

早起きして回しておいた洗濯機から衣類を取り出し、プラスチック製の洗濯カゴに入れる。今日は想夜歌の門出を祝ってくれているかのような快晴、洗濯物もよく乾くだろう。人工芝が敷かれている簡素な庭に出て、洗濯カゴを置いた。

「そぉか、てつだう」

想夜歌がサンダルを履《は》いて、パタパタとついてきた。まだ『そよか』と上手《うま》く発音できないのだが、そんなところも可愛《かわい》い。

「おう、じゃあ一枚ずつ取ってくれ」

「まかしぇろ。なぜなら、そぉかはきょうから、おとなだから」

たどたどしい手つきで、カゴから衣類を取ってくれる。俺はそれを受け取ると、軽く振って皺《しわ》を伸ばし、洗濯バサミで留めた。

正直、想夜歌の手伝いは余計に時間が掛かるだけなのだが、その気持ちが嬉《うれ》しい。それに、子どもはこうやって色んなことを覚えていくのだ。興味のあることにはどんどん挑戦して、できることを増やして欲しいな。

「お兄ちゃん」

「なんだ?」

「きょう、ママいない?」

ふいに、想夜歌が呟《つぶや》いた。

少し潤《うる》んだ瞳を見て、思わず声が詰まる。

「……ああ、仕事だ」

「そっかぁ。……でもお兄ちゃんはいる!」

想夜歌《そよか》はニッと口角を上げて、元気に両手を上げた。

こんな小さな子に気を遣わせてしまって胸が痛い。そんなこと、覚えなくていいのに。

想夜歌が暗い顔をしているのは、せっかくの晴れの日だというのに母親が仕事に行っているからだ。

いや、今日だけじゃない。うちの両親は基本的に家にいない。父親は海外に単身赴任、母親は毎日仕事。休日出勤は当たり前で、平日も帰ってくるのは想夜歌が眠りについた後だ。

母さんは産休、育休を一定期間取った後、会社から戻ってきてくれと泣きつかれ、すぐに職場復帰した。想夜歌が一歳になったころだ。俺の時も、物心ついた時にはもう働いていた記憶がある。今でこそ両親の大変さもわかるが、当時は理解できなかったな。

いや、俺のことはどうでもいいんだ。もう過ぎたことだから。

でも、想夜歌はまだ母親に甘えたいお年ごろだ。

俺は、母親にはなれない。最近は特に、そのことを痛感する。俺にできることは、俺なりに目いっぱい愛情を注ぐこと。それだけだ。

想夜歌に寂しい思いをさせないためにも、俺が頑張らないとな！

「よし、これで終わりだ」

「そぉかのふくがいっぱい」

洗濯物を全て干し終えると、想夜歌が謎の感想を残した。

カゴを持って、想夜歌と一緒にリビングに戻る。朝は忙しいけど、今日は俺の学校がない分、少し余裕があるな。

代わりに、想夜歌の入園式に全力を注ごう。

なにせ、人生で一度きりの晴れ舞台だ。お兄ちゃんとして、手は抜けない。

「かみやってー」

想夜歌がお気に入りのヘアゴムを高々と掲げる。

「ああ、任せろ！」

この日のためにヘアアレンジのサイトを見ながら練習したからな！

想夜歌を椅子に座らせて、後ろに立つ。

入園式はやっぱり気合い入れて行かないとな。服装は制服だから、髪型が唯一オシャレできるポイント。普段は簡単に二つ結びで済ませちゃうけど、今日は特別だ。

ネットで調べた手順を思い出しながら、想夜歌の髪を後ろで結んでいく。

「あのね、おえかきするの」

「幼稚園に入ったらいくらでもできるぞ！」

「ほんと？　じゃあ、すべりだいある？」

「あるある。砂場もあるぞ」

「そぉか、たのしみ」

想夜歌《そよか》は足をぶらぶらと振って、ご機嫌に身体《からだ》を揺らした。

肩より少し下まで伸ばした髪は、驚くほどさらさらだ。一本一本が細くて、指の間をするすると抜ける。

最後に、ゆるく三つ編みにした前髪を後ろに回して、ピンで留める。ハーフアップって名前だったかな。

大きなバラのヘアアクセサリーを着ければ、入学式に相応《ふさわ》しい華やかな想夜歌の完成だ。

「よし、できたぞ」

「あいとー！　かわゆい？」

「当たり前すぎる。可愛《かわい》いっていう単語は想夜歌のためにあるんじゃないか？　辞書の注釈に加えてもらう必要があるな。待ってろ、俺が出版社に連絡して……」

「はやくいくよ！」

ああっ、想夜歌を日本の常識に加える計画が……。

想夜歌は軽くスキップしながら、玄関に座った。

新品のシューズを履《は》かせて、家を出る。幼稚園までは自転車の距離だが、今日くらいは歩いて向かおう。

ちなみに、俺ももちろん気合いの入った格好をしている。父親の部屋を漁《あさ》ってスーツを拝借してきたのだ。

想夜歌の晴れ舞台だから、俺のせいで恥をかかせるわけにはいかない。

「想夜歌、横断歩道を渡る時はどうするんだっけ？」

「てをあげます！」

「正解だ。妹が天才すぎて辛《つら》い……」

車通りの少ない住宅街を抜け、少し歩けば幼稚園に辿《たど》り着く。

想夜歌は俺の手を握ったまま、ずっとそわそわしていた。

「もうすぐ？」

「あと半分くらい。これから三年間通う道だぞ」

今までも保育園には行っていたけど、幼稚園となるとまた感慨深いものがあるな。

大きな違いは教育だ。

場所にもよるとは思うが、想夜歌の通っていた保育園では預かりがメインで、お勉強の時間はあまりなかった。

幼稚園に入ると、算数や読み書きなどの教育をしてくれる。その分大変なことも多いが、想夜歌にとっては楽しい毎日になるだろう。

「おいおい、教育なんてしちゃったら想夜歌の才能がいくつも開花して日本が大変なことになるぞ……。いや、すでにあらゆる分野において天才だけど」

「お兄ちゃんはよくひとりでしゃべってる」

自然と笑みが零《こぼ》れる。

下見のために何度も歩いた道だから、もうルートは覚えている。

想夜歌《そよか》と周りの風景を見ながら歩いていると、遠目に幼稚園の入口が見えてきた。

「ようちえん、はっけん！」

想夜歌が飛び跳ねながら、顔にぱっと花を咲かせた。

正門の横には『入園式』と大きく書かれた華やかな看板が立てられている。

さっそく華やかな看板の横に想夜歌を立たせてスマホを構えた。

「想夜歌、こっち向いて！　やばい、可愛《かわい》すぎる。天使？　女神？　だめだ、地球上の言葉じゃ表現できない」

「お兄ちゃん、うるさい」

スマホの連写モードで撮りまくる。辺りにシャッター音が響き渡った。

今日でスマホのストレージが埋まるかもしれない……。想夜歌の入園式、全ての瞬間を切り取らないといけないのに。やはり、動画用に二台用意しておくべきだったか？　いや、いっそのこと動画撮影用の本格的なカメラを用意するべきだったかもしれない。

「むう、めいわくだからいくよっ」

「あ、想夜歌、あと一枚だけ……」

むくれた顔も可愛い。帽子の被《かぶ》り心地が気になるのか、しきりに手で直している。

幼児に怒られる高校生という無様な光景を晒《さら》しながら、幼稚園の敷地《しきち》に入った。なに、多少騒がしくても大丈夫だ。周りのママさんたちも大はしゃぎだからな！

当然、俺のテンションも最高潮に達している。ここで落ち着いていたらお兄ちゃんじゃない！　意気揚々と幼稚園のお庭に足を踏み入れる。

入園式までは時間があるので、皆ここで待機しているようだった。子どもたちの顔は晴れやかで、幼稚園への期待で満ちている。

対照的に、想夜歌の顔は曇っていた。

「ママ……」

他の子が母親と来ているのを見て、想夜歌が悲しそうに目を伏せる。口をきつく結んで、泣き出しそうになるのを必死に我慢しているように見える。

足を止めた想夜歌を、何組もの親子が追い抜いた。

両親は知らない。親の前では気丈に振舞っている想夜歌が、裏では寂しがっていることを。

「……よし想夜歌、肩車をしてあげよう！」

「……しょーがないなぁ！」

苦笑する想夜歌を抱き上げ肩に乗せる。がっちりと髪を引っ張るものだから、結構痛い。

でも、どれだけ痛くても想夜歌が楽しいなら良いんだ。両親が家にいなくたって、俺が想夜歌の笑顔を守る。そう決めている。

「回るぞ！　うぉおおお」

「お兄ちゃん、うるさい！」

口では文句を言いながらも「きゃー」と楽しそうだ。

スマホを取り出して、自撮りする。もう背景なんて関係ない。青空をバックに、想夜歌《そよか》の笑顔を収めた。

ひとしきり遊んだ後、想夜歌を降ろして一息つく。

そろそろ入園式が始まるかな？　いまいち勝手がわからず、辺りを見渡した。他の親子も、思い思いに過ごしている。

「郁《いく》、いえ王子様と呼んだほうがいいのかしら。なんて愛らしいの……。この幼稚園は郁のために作られたのではないかしら？　郁の可愛《かわい》さとカッコよさが最大限に引き出されているわね。良い？　女の子に優しくしちゃダメよ。いつか刺されるわ」

「姉ちゃん、うるさい」

すぐ後ろから、早口でまくし立てる若い女性の声が聞こえてきた。平静を装《よそお》っているが、その綺麗《きれい》な声は上ずっている。

俺とだいたい同じこと言ってないか……？　気が合いそうだな！

やっぱどこの親もこうだよな、と思いながらなんとなく視線を向ける。

色白の女性が、たった今撮った写真を見て満足気に頷《うなず》いている。控えめに口元を緩め、男の子の頭を撫《な》でた。

素直に、美人だと思った。見た目は若いのに母性を感じる柔らかい雰囲気《ふんいき》で、気合いの入ったライトブルーのジャケットとスカートを身に着けている。……って、よその奥さんをじろじろ見るもんじゃないよな。

「はっ、お兄ちゃんがみとれてる」

「見惚《みと》れてねぇよ」

「ひとめぼれ？」

女の子は成長が早いと聞くが、最近はドラマやアニメの影響で恋愛に興味津々《きょうみしんしん》なのだ。

俺たちの会話が聞こえたのか、男の子の手を引く女性がこちらを見た。

目が合って初めて、彼女が知り合いであることに気が付いた。あまりにも普段の雰囲気と違いすぎて、認識できなかったのだ。

「暁山《あきやま》……？」

「――っ、あら、昏本《くれもと》君だったかしら」

すん、と表情を消し、淡々と言い放った。

暁山が俺の名前を覚えていたとは驚いた。

彼女は教室ではいつも机に向かっていて、誰にも興味を示さないからだ。休み時間だって、誰とも話さずいつもテキストを開いて勉強している。

先ほどまでの柔和《にゅうわ》な表情が嘘《うそ》のように消え、代わりに一分の隙《すき》もない人形のような顔が現れた。咳払《せきばら》いをした彼女は、俺と想夜歌《そよか》を交互に見て口を開く。

「呆《あき》れた。幼女趣味をこじらせて幼稚園に侵入したのね。市民の義務として通報するわ」

暁山《あきやま》があまりにも自然な動作で、スマホを耳に当てる。え？　本当に通報してないよね……？

「なんでだよ……。妹の入園式なんだから、いるのは当たり前だろ？」

「妹さん……そう。目元が似ているわね」

「え、やっぱり？」

めちゃくちゃ嬉《うれ》しいんだが？

全力でにやけたら、暁山に嫌そうな顔をされた。

「……こほん。暁山も同じ感じか？」

「ええ、弟の郁《いく》の付き添いよ」

「暁山も弟がいたのか。ここにいる天使が妹の想夜歌だ。可愛《かわい》いだろ？」

「郁ほどじゃないわね」

暁山は自慢げに腕を組んで、そう言った。

こいつは本当に、あの暁山澄《すみ》なのだろうか。男子の間で高嶺《たかね》の花、孤高の美少女と話題の暁山と、目の前にいる少女が脳内で一致しない。

教室では、暁山が感情を表に出すことはほとんどない。話しかけても冷たくあしらわれる。

それが常だ。

そんな彼女が、こんな風に自然に会話し、あまつさえ軽口を叩《たた》くなんて……。

「姉ちゃん。このひとだれ？」

郁《いく》と呼ばれた男の子が俺を指差して小首を傾《かし》げた。暁山《あきやま》には弟がいたんだな。入園式に来ているということは想夜歌《そよか》と同い年のはず。人見知りなのか、暁山の腰に抱き着いて後ろに隠れている。

暁山はしゃがみ込んで、郁と目線を合わせる。

「この人は私のクラスメイトよ」

「ともだち？」

「……そんな感じよ」

おお〜、と郁が手を叩く。

俺は友達だったらしい。まあクラスメイトなんて皆友達みたいなものだ。彼女の口からその言葉が出るのは少々驚きだけど。

「お兄ちゃん、かのじょができたらおしえてってゆったじゃん！」

「彼女じゃないからなぁ」

「そぉか、わくわく」

想夜歌の発言によって、暁山にキッと睨《にら》まれた。すぐに恋愛と紐《ひも》づけたくなるお年ごろなんだ、許してくれ。

入園式は新入生だけで行われる。幼稚園によっては在園生が参加する場合もあるみたいだが、土曜日だからいないようだ。

そろそろ式が始まるというアナウンスを受け、教室に移動する。いや、幼稚園だとお部屋って言うんだっけ。

「そぉかです、よろしくね」

想夜歌が郁の前に出て、ぺこりと頭を下げた。

「い、いく……です。そーかちゃん、よろしく」

「そーかじゃなくて、そぉか！」

「そー……か？」

想夜歌は、自分ではちゃんと発音できているつもりなので、ちょっと怒っている。

郁にこそっと「そよか、だ」と耳打ちする。

「そよかちゃん」

「そうです！」

名前を呼んでもらえて、想夜歌は満足気に頷《うなず》いた。

「きょうはお兄ちゃんがうるさいです」

「わかる……！」

おお、さすが想夜歌《そよか》だ。さっそくお兄ちゃんをダシにして意気投合しているぞ！

これなら幼稚園生活も心配なさそうだ。想夜歌は人見知りもしないし、よくしゃべるからきっと人気者だな。

「なんてこと……初日から郁《いく》に女の影がっ」

「お前、学年一位だけど実はバカだろ」

暁山《あきやま》は目を見開いて、愕然《がくぜん》としている。

教室で無表情を貫いているのが嘘《うそ》みたいだ。いまだに、自分が見ているのは幻覚なのではないかと思う。

想夜歌は郁に対して一方的に話しかけている。勢いに押され、郁は相槌《あいづち》を打つので精一杯だ。

「待て想夜歌。男にあんまり話しかけると勘違いされるぞ？　想夜歌は可愛《かわい》いんだから気を付けないと……。ちゃんとお兄ちゃんが大好きって伝えなさい」

「勘違い？　何を言っているのかしら。女の子が郁に惚《ほ》れないわけがないでしょう」

「は？　想夜歌がその辺の男を相手にするとでも？」

「悪いわね。妹さんの初恋を奪ってしまって」

「はっ、想夜歌の初恋相手は俺と決まってんだよ。それよりいいのか？　お前の弟はもうすぐ失恋することになるが」

本気の睨《にら》み合いが発生する。

暁山は目をすっと細めて、口元を不敵に歪《ゆが》めていた。なにそれ、完全に悪役の顔なんですけど。

「お兄ちゃん、へんなことばっかりゆってる」

「姉ちゃんも」

兄と姉をよそに、二人は用意された席に向かっていく。

え、想夜歌そんな風に思ってたの……？

「ふふっ」

暁山が小さく噴き出した。

「ちょっと、あなたのせいで郁に呆《あき》れられちゃったじゃない」

「自業自得じゃねぇか……。まあ、入園式に免じて今日のところは許してやろう」

「こっちのセリフよ」

毒気を抜かれた俺たちは、小さく笑い合う。

その笑顔は優しげで、今日の暁山は、どこにでもいる優しいお姉ちゃんだった。

お部屋に到着すると、暁山とは自然と隣りあって座った。参加している保護者はやはりというか、親御さんがほとんどだ。

想夜歌と郁は同じ組みたいだな。といっても、二組しかないけど。

年少の組には花の名前が付けられていて、想夜歌と郁はひまわり組だ。ちなみに、もう一方はさくら組。

そわそわする想夜歌《そよか》を眺めながら、入園式の開始を待つ。

「なあ、暁山《あきやま》も両親は来てないのか？」

「そうね、母は仕事よ」

端的にそう答えると、それ以上聞くな、と言外ににおわせて視線を外した。

まあ、家庭の事情など問い詰めるものじゃない。ただ、同じように両親の代わりに入園式に来ているということで、親近感を覚えた。昨日までは別世界の住人だと思っていたのに、一気に距離が近づいた感覚だ。

学年一位の秀才で、クール美人。完璧《かんぺき》超人だと思っていた彼女に、こんな一面があったなんてな。こっそり視線を向けると、真剣な表情でスマホを構えていた。まずい、俺も写真を撮らなければ。

入園式といっても大したことはやらない。最初に、園長先生や担当する先生方の挨拶《あいさつ》。その後、みんなで歌を歌う。

想夜歌よ、知らない歌なのによく大声で歌えるな。その豪胆さ、大事にして欲しい。

途中、寂しくなった子がぐずったり飽きた子が騒いだりしたが、慣れた様子の先生によって迅速《じんそく》に対応され、入園式は恙《つつが》なく終わった。あまりの手際の良さに、入園式は先生方の有能さを伝えるパフォーマンスなのでは？　と疑ったほどだ。これなら、安心して想夜歌を預けられるな。

最後に記念品を受け取って、解散となった。

「ふう。そぉか、おとなになった」

やり切った様子の想夜歌が、腰に手を当てて言い放った。

「よしよし、頑張ったな」

頭を撫《な》でると、くすぐったそうにしながら帽子を押さえた。うん、可愛《かわい》い。

想夜歌も郁《いく》も、ちゃんと大人しくしていた。えらいぞ。

「じゃあ帰るか。今日はケーキがあるぞ！」

「なんてこった。そぉか、ぜんぶたべる。お兄ちゃんのぶんはなしです」

「まじかよ」

まあ、想夜歌が食べたいなら仕方ないな！

でもあんまり甘いものを食べると身体《からだ》に良くないから、数日に分けて食べような。

「じゃあ俺たち行くわ」

「あ、ちょっと待ってちょうだい」

想夜歌と手を繋《つな》いで帰ろうとすると、暁山に呼び止められた。

「せっかくだし、一緒に写真を撮りましょう」

暁山はそう言って、園庭の一角を指差した。

桜の木をバックに、想夜歌《そよか》と郁《いく》を並ばせる。

なるほど、幼稚園で最初にできた友達だ。記念に写真を残すのもいいだろう。ただし郁よ、想夜歌に手を出したら怖いお兄ちゃんが許さないからな。がるる、と威嚇《いかく》しながら、俺もスマホを構えた。

途中から想夜歌がつまらなそうにしていたけど、暴走した兄姉によってしばらく写真撮影が続いた。

「あきた」

「くっ、待ってくれ想夜歌！　あと一枚だけ！」

「かえってけーきたべる」

ケーキはご飯の後だからな……？

少し物足りないけど十五枚ほど写真を撮ったところで、撮影会を終了する。

郁は虚空《こくう》を眺めてぼーっとしていた。でも、想夜歌と並んでどことなく嬉《うれ》しそうだ。

相手が男というのが気に食わないが……友達ができたのはいいことだな！

「いく、ばいばい！」

「うん！　そよかちゃん、ばいばい」

暁山《あきやま》姉弟の帰り道は別方向だったので、幼稚園で別れる。

この短い時間で、さっそく仲良くなったみたいだ。ぶんぶん手を振る二人が微笑《ほほえ》ましい。

帰り道の途中でうとうとし始めた想夜歌を背負い、帰宅した。

三章　妹の送り迎えが楽しい。

The Love Comedy Which Nurtured With a Mom Friend

月曜日の今日は、想夜歌《そよか》の初登園日だ。俺の登校時間に合わせて家を出る関係上、他の子どもたちよりも早く着いてしまう。しかし、想夜歌の通う幼稚園は時間外の預かり保育も充実しているので、心配はない。料金も良心的だ。

想夜歌は幼稚園に到着してすぐに、一度も振り返らず元気に先生の元へ走っていった。手が掛からないのはいいんだけど、ちょっと寂しい。最初はもっと緊張したりするものじゃないの……？

幼稚園から自転車で移動し、学校の駐輪場に停める。野球部の朝練の声が、朝の学校に響き渡った。

俺が通う学校は一般的な市立高校だ。偏差値は中の上くらいか。この辺の中学生は基本的に公立高校を受験し、滑り止めに私立を選ぶ。例にもれず、俺も自分の学力に相応《ふさわ》しく登校しやすい場所にあるここを選んだ。

……いや、学力はギリギリ足りてなかったけど、想夜歌の送り迎えのためにめちゃくちゃ頑張った。幼稚園との距離がちょうどいいんだよな。

勉学にも部活動にもそこそこ力を入れている、言ってしまえば普通の高校だ。

まあ特別な高校生活は望んでいないので、普通なのは良いことだ。今日も想夜歌のことを思いながら、平穏な一日を過ごそう。

スクールバッグを肩に掛け、欠伸《あくび》をしながら歩きだす。

そこで、見知った顔を見つけた。入園式で出会った、暁山澄《あきやますみ》だ。

「あ、おーい、暁山！」

手を振りながら、声を張り上げる。

先週までであれば、高嶺《たかね》の花である暁山澄に話しかけようとは思わない。でも、もう知らない仲ではないからな。これから想夜歌のことで世話になることもあるだろうし、仲良くしていこう。

「よっ。一昨日《おととい》ぶりだな」

小走りで駆け寄って改めて声を掛ける。

暁山はゆっくり振り返ると、不機嫌そうに目を細めた。そして俺の袖を摑《つか》み、引いて歩きだした。

「ちょっと、来なさい」

「え？　なに？」

戸惑いの声を上げるが、暁山の足は止まらない。

まばらに生徒が集まる駐輪場を出て、昇降口とは反対方向に進んでいく。

連れてこられたのは、用務員さんが使う倉庫の裏だ。

「な、なんだよ」

「しっ、静かに」

暁山《あきやま》は人差し指を口元に当て、鋭く言い放つ。

その勢いに押され、俺は倉庫に寄りかかった。

やはり、幼稚園で見た暁山は別人だったのではないだろうか。

もしくは幻、あるいはクラスの美少女に憧れるあまり夢に出てきたとか……。自分の記憶が信じられなくなるくらい、今の彼女の目は氷点下を下回っていた。たぶん、視線だけで人を殺せる。入園式で舞い上がっていた姿とは似ても似つかない。

「幼稚園でのことは、内緒《ないしょ》にして」

しかし、続いて囁《ささや》かれた言葉は土曜日の記憶を裏付けるものだった。近くで見ると、改めて現実離れした美人さだと感じる。ほのかに甘い香りが鼻腔《びこう》をくすぐった。

「え？　いや、それはいいけど、なんでだ？」

「あまり知られたくないのよ」

「弟のことか？　郁《いく》だっけ」

「……とにかく、あなたとはただのクラスメイトだから、今まで通り関わってこないで」

「ただのクラスメイトは関わるものだ」

俺の揚げ足取りは黙殺された。凍《こご》えるような視線が俺を射抜く。

「もしバラしたら……わかるわよね？」

「わかんねぇよ……けど、わかったよ。約束する。これでいいか？」

「ええ」

暁山はもう話すことはない、とばかりに踵《きびす》を返して無言で去っていった。

俺は妹の存在をむしろ積極的に広めていたから、それを隠したがる彼女の気持ちはわからない。

まあでも、家族の話なんて学校でするものでもないか。仲の良い友達でも家族構成を知らないのが普通だし、案外俺が異端なのかもしれない。

背中の砂埃《すなぼこり》を軽く払って、倉庫裏から出る。

すでに暁山の姿はない。代わりに、にやけ顔の瑞貴《みずき》が正面から歩いてきた。あっちはテニスコートの方角だな。

「やあ響汰《きょうた》。もしかして、なんか面白いことになってる？」

「瑞貴か。聞いていたのか？」

「いいや、遠目に暁山ちゃんが出ていくところを見ただけだよ。その後に響汰が出てきたから、おやおや……と思って。もしかして、聞かれたら困る話だったのかな」

瑞貴は首にかけたタオルで額の汗を拭《ぬぐ》った。並みの男がやれば暑苦しいことこの上ない動作も、こいつがやれば爽《さわ》やかで絵になる。着替えたばかりなのか着崩した制服と制汗剤の匂《にお》いから察するに、テニス部の朝練終わりか。

二人で校舎に入り、靴を履《は》き替え、階段を上る。二年生の教室は二階だ。

「……別に、ちょっと話してただけだよ」

「ふーん、暁山《あきやま》ちゃんと、ね」

はぐらかすと、瑞貴《みずき》が含みのある笑みを浮かべた。

うん、あの暁山と普通に話しているだけで特殊だということは、俺にもわかる。

でも違うんだ、あいつは皆が思ってるような奴じゃなく、ただの姉バカなんだ！　口止めされたから言わないけどさ。

「なんだ、てっきり響汰《きようた》が告白してフられたのかと思ったよ」

「あれ？　フられる前提？」

「去年、暁山ちゃんに告白した男が何人撃沈したか知ってる？」

なんと、そんな命知らずがいたとは。あの蔑《さげす》むような目で断られるなど、想像するだけで恐ろしい。

「俺は想夜歌《そよか》一筋だ」

「残念。響汰も女の子に興味を持ち始めたのかと思ったのになぁ」

「想夜歌には興味しかないぞ！　今日はついに幼稚園デビューなんだ。ほら、見てみろこの写真」

「また始まった」

そんなこと言ってるけど、瑞貴はいつも想夜歌自慢に付き合ってくれる。

はっ、まさかこいつ、想夜歌を狙って……？　いつまでも彼女を作らないと思ったらそういうことか。絶対許さん。

「なんだか、すごく不名誉な想像をされている気がする」

「そんなことない。ちなみに、想夜歌はお前みたいな性格の悪いイケメンは好きじゃないはずだ」

「何の話？」

想夜歌が毒牙《どくが》に掛かる前に、ちゃんと牽制《けんせい》しておかないと。

「響汰は彼女とか作らないの？」

「放課後と休日は想夜歌のために使うって決めているからな。理解のある子じゃないと厳しい」

「バツイチ子持ちみたいな発言だね」

言い得て妙だな。

廊下を歩きながら、会話を続ける。

「それにしてもさ、暁山ちゃんって良いよね」

「意外だな、瑞貴が女子にそんなこと言うなんて」

「だって、俺が話しかけても塩対応なんだよ？　他にそんな子いないよ。新鮮で楽しい」

こいつ……。そういえば、女には困ってないを地で行く男だった。いつも女の子にぐいぐい言い寄られているから、むしろ簡単に靡《なび》かない相手のほうが好きなのだろう。

最近は、今年から新しく担任になった若い先生をからかって遊んでいる。

「今日も冷たくしてくれるかな」

「お前に被虐《ひぎゃく》趣味があったとは驚きだ」

「響汰《きょうた》もこの顔になってみればわかるよ」

うざっ。

教室に着くと、自席で窓の外を眺める暁山《あきやま》の姿が目に入った。

学校での暁山澄《すみ》は、完璧《かんぺき》だ。

誰にも隙《すき》を見せず、いつ見ても、あるいはどの角度から見ても、その美しさと優秀さは損なわれない。

さっそく瑞貴《みずき》が楽しそうに話しかけて、淡々と対応されていた。ちょっとスカっとした。

「はぁい、今日のロングHRは各委員会と係を決めるよ～」

チャイムと同時に入室してきた女性が、間延びした声で言った。彼女が教壇に立つと、クラスの空気が一気に和《なご》む。

二年一組の担任、雉村珠季《きじむらたまき》先生だ。

瑞貴がすかさず、ニヤニヤと口を開いた。

「キジちゃん、今日も可愛《かわい》いね！　前髪切った？」

「ええっ、雨夜《あまや》君、なんでわかるの？」

「俺、キジちゃんのこといつも見てるからさ」

「またそんなこと言って。先生にセクハラしないようにっ」

雉村先生が前髪を指先でいじった。俺には違いがまったくわからん。

普通、瑞貴が特定の女性を褒《ほ》めるような発言をすれば女子生徒がざわつくのだが、生徒からキジちゃんの愛称で親しまれている彼女は別だ。まあ二十代後半で歳も離れているしな。

軽口もさらっと受け流すので、瑞貴が気兼ねなくからかえる相手でもある。

まさか誰も瑞貴が本気だとは思っていないので、彼の甘いセリフを聞けると女子からは好評である。

「じゃあはい、セクハラした罰として雨夜君が進行してね。先生、怒ったから！」

妙案、とばかりに頷《うなず》いて、瑞貴にパスした。ぜったい面倒なだけだ。

「怒った顔も可愛いよ」

「先生が可愛いのは知ってますー」

「じゃあ、可愛い先生に頼まれたから頑張っちゃおうかな」

瑞貴は教壇に立つと、チョークを取って黒板に係を順番に列挙した。

「みんな、やりたい係とかある？　できれば立候補で決めたいかな」

俺は委員会に所属するつもりはない。朝と放課後は想夜歌《そよか》の送り迎えがあるので、余計な活動にまで手が回らないのだ。俺の時間は想夜歌に全て捧《ささ》げている。

瑞貴《みずき》もそれを承知しているため、俺には振ってこない。

他の生徒も、日ごろからアピールしているだけあって俺のことは見逃してくれるみたいだ。

立候補によって順調に係が決まっていき、瑞貴が黒板に名前を記入していく。委員会に所属する理由は様々だが、やる気のあるクラスなようでなによりだ。面倒ごとを押し付けられる前に楽な係に就任しておこうという腹かもしれない。

「あれれ？　もしかして先生がやるより雨夜《あまや》君のほうがスムーズに進む？」

窓際に寄りかかって悠々《ゆうゆう》と眺めていた先生が、今更焦《あせ》り始めた。

瑞貴はリーダーシップも人望もあるので、皆協力的だ。

最後に、学級委員の欄《らん》だけ空白のまま残った。

学級委員長と副委員長で、一名ずつ。有名無実化している委員会や、やりがいのある文化祭実行委員などと比べ、学級委員はやや不人気だ。雑用ばかりなのに変に責任を求められるからな。

「じゃあ次は学級委員だけど……」

瑞貴が困ったようにクラスを見渡した。

口には出さないものの、自分ではない誰かに押し付けたいという空気が流れる。

誰しも面倒ごとは回避したいものだ。こうなると、自己主張の弱い生徒が「真面目そう」などという理由で推薦されるのがオチである。中学のころからそうだった。

その空気は俺とて好きではないが……自分でやるわけにはいかない以上、黙って見ているしかない。

だが、予想に反して学級委員長はすぐに決まった。暁山《あきやま》が腕をピンと伸ばして立候補したからだ。

「あ、暁山ちゃんやってくれる？」

「やるわ」

「いいね、ありがとう。じゃあ学級委員長は暁山ちゃんで」

普段積極的な行動を見せない彼女が立候補したことで、クラス内がにわかにざわつく。

しかし俺は違う理由で困惑していた。

弟の送り迎えがあるのに、委員長になって大丈夫なのか？

いや、俺がそうだからって暁山も忙しいとは限らないか。

入園式の日はたまたま仕事だっただけで、平日の送り迎えはご両親がするとか、幼稚園バスを利用するという手もある。

彼女は成績も優秀だし、人気も高いから異論は出ない。あまりに人と関わらないからリーダーシップには疑問が残るが。

「じゃあ副委員長は……」

「先生、雨夜《あまや》君がいいと思うなー。なんか先生より人望あるみたいだもーん」

ちょっと拗《す》ねたように、雉村《きじむら》先生が言う。

さっきから少し不服そうだったのはそれが理由か……。

瑞貴《みずき》なら人望もリーダーシップもあるので、誰も反対すまい。暁山《あきやま》が挙手しなければ瑞貴が委員長になっていただろうし。

「キジちゃんの指名なら仕方ないなぁ。学級委員になれば先生との絡みも増えそうだし？　いやー、そんなに俺にかまってほしいんだ？」

「やっぱなし！　他に誰かやりたい人！」

「もう決定したから」

瑞貴がニヤニヤしながら、最後の空欄《くうらん》に自分の名前を記入する。あいつ、ほんと雉村先生好きだな。

彼が副委員長になるなら立候補したい女子もいたと思うが、残念ながら、すでに暁山に決まっている。

「よろしくね、暁山ちゃん」

「ええ、よろしく」

「一緒に学級委員になれて嬉《うれ》しいよ。去年は違うクラスだったけど、ずっと君に興味あったんだ」

「そう。私は特に誰とでも変わらないわ」

暁山に冷たく返されるが、なぜか瑞貴は嬉しそうだ。

くすっと笑うと、教室を見渡して委員会決めの終了を宣言する。

満足した様子の雉村先生が退出すると、生徒たちは一気に騒がしくなる。

中でも耳に入ってくるのは、「瑞貴くん可哀《かわい》そう」「あの子態度悪くない？」「あの瑞貴相手でもクールをつらぬくとは！」「さすが暁山さん……ブれない」という、男女によって対照的な感想だった。


その後、想夜歌《そよか》の写真に元気を貰《もら》いながら、一日の授業をこなした。

帰りのＨＲが終わると、生徒たちは三々五々散らばっていく。部活に行く者が半分、帰宅するものが半分くらいの割合だ。

俺はその足で想夜歌を迎えに行く。これから毎日妹の送り迎えができるとか最高かよ。

チャイルドシート付きのママチャリに颯爽《さっそう》とまたがって、幼稚園へと向う。

「待ってろよ想夜歌！」

逸《はや》る気持ちを抑え、安全運転を心がける。自転車は左側通行が原則だ。

お兄ちゃんとして交通ルールは守らないと。速度はもちろん、歩行者や車にも気を付ける。想夜歌《そよか》が乗っている時に事故を起こしでもしたら大問題だ。今は一人だからと油断しては、それが癖《くせ》になってしまう。

幼稚園までの道程は駅とは反対側だから、同じ道を通る生徒は少ない。この時間帯は車通りが少ないのも良いところだ。

「うぉおおおお！」

安全に留意しつつ全力疾走《しっそう》。卒業するころにはママチャリでツールドフランスに出られそうじゃないか？　妹に会いたい気持ちが俺を強くするッ。

そんな甘い野望を打ち砕く気配が、背後から迫った。

「馬鹿な！　俺に追いつくやつが？」

「路上で騒がないでもらえるかしら。同じ高校の生徒だと思われるだけで不名誉だわ」

「いきなり辛辣《しんらつ》!?　……って、なんだ暁山《あきやま》か」

涼しい表情で現れたのは暁山だった。

イマドキの女子高生よろしく、膝上《ひざうえ》まで短くしたスカートがひらひらと揺れた。自転車には向かないと思うんだけど、意外と見えないんだよな。いや、見ようとなんてしたことないけど。本当に。

「俺に追いつくなんてなかなかやるな……って、おい、まさかっ！」

暁山は自転車を漕《こ》ぐ姿まで優美だ。ペダルを漕ぐ足もゆったりしていて、力など入っていないように見える。だというのに、唐突にスピードを上げて、俺の前に躍り出た。

彼女もママチャリだけど、俺とは決定的に違う部分がある。

「電動……！　お前、まさか電動自転車を使っているのか！」

「あら、どうしたの？　そんなに必死に走るから、春先なのに汗だくじゃない」

「禁忌《きんき》に手を出したのか！」

勝ち誇ったように笑って、暁山はさらにスピードを上げた。

電動自転車。それは、電気の力を借りて苦労せず走ることができる、上流階級の乗り物。ちょっと踏み込むだけで坂道すらスイスイ走れる、文明の利器である。

「完全にレギュレーション違反だろ！」

送り迎えは由緒《ゆいしょ》正しい、ギアなしチャイルドシート付きママチャリが伝統的な装備のはず
……！

全国のママさんたちのためにも、迎えを待つ想夜歌のためにも、ここは負けるわけにはいかない！

腰を浮かせて、全力でペダルを漕いだ。幼稚園近くの住宅街に入ったところで、なんとか隣に並ぶ。

「そんな荒い運転で妹さんを乗せるつもり？　可哀《かわい》そうね」

「想夜歌《そよか》はガタガタ揺れてるほうが好きなんだよ！」

下り坂なんて、まるで絶叫マシンのように楽しんでいるからな。大きくなったら絶叫マシンで有名な山梨の遊園地でも連れて行ってやろう。

横目で盗み見ると、暁山《あきやま》は少し頬《ほお》を上気させていた。相変わらず表情は読み取れないが、心なしか機嫌が良さそうに見える。

「……なによ」

「いや……学校と随分雰囲気《ずいぶんふんいき》が違うなと思って。そっちが素なのか？」

「ち、違くないわ」

全然違うと思うが……。

少なくとも、暁山が俺の軽口に乗ってくるような子だとは知らなかった。学校だったら絶対に無視していたはずだ。彼女が楽しそうに話しているところなんて、一度も見たことがないのだから。

「暁山も弟のお迎えか？」

「そうよ。母は仕事をしているから、私が送り迎えをすることにしたの」

「ああ、だからか」

誇らし気な暁山を見て、彼女がご機嫌な理由を察した。というより、共感した。

怪訝《けげん》な目を向ける彼女を追い越す。

「わかるぞ。俺も、これから毎日送り迎えができるなんて最高！　と思っていたところだ。そりゃテンション上がるよな」

「別に、上がってないわ」

「いまさら隠すことじゃないだろ。入園式の時はあんなにはっちゃけてたのに」

「あれはっ！　……その、郁《いく》の前だったから」

気恥ずかしそうに、暁山がそっぽを向いた。

表情の変化は相変わらず乏しいが、思っていたよりも感情が豊かだ。うんうん、弟が大好きなんだな。わかるぞ。

歳の離れた弟や妹を持つ友人はいないので、仲間ができたようで嬉《うれ》しい。

「学校でも郁といる時みたいに明るくすれば良いのに」

いつも澄《す》ました顔で冷たく接するよりも、郁の前で見せる柔らかい雰囲気のほうが人気出ると思う。今でも十分人気だけど。

「そうだな、想夜歌がいない場所でも元気になれる方法を教えてやろう。スマホの画像フォルダを開くんだ。そうすると、想夜歌が俺に笑いかけてくれる！」

天使の微笑《ほほえ》みは疲れを吹き飛ばすからな！

休憩時間ごとに開かなければ禁断症状が現れるレベル。暁山が望むなら、授業中にこっそり写真を補給する方法を教えてやってもいい。

暁山《あきやま》にとっては郁《いく》の写真が、その役割を担《にな》うだろう。

「いえ、結構よ。朝も言った通り、学校では郁のことを知られたくないもの」

「そうか？　俺は皆に知って貰《もら》いたいけどな」

想夜歌《そよか》の可愛《かわい》さは全国民が知るべきだと思う。子役になればお茶の間の人気者にもなれそうだ。いや、やっぱり俺と過ごす時間が減るから却下だ。

「私のせいで郁に何かあったら困るわ」

「何かって……別に大丈夫だと思うけど」

「私は、どうやらあまり好かれてはいないようだから」

チェーンが回る音にかき消されそうなほど小さな声で、そう言った。

暁山は孤高の美少女として男子人気は高いし、女子からもカッコイイ女性として思われている。だから、嫌われているということはない。ただ、近寄りがたい存在であることはたしかだ。

また中には……ごく一部ではあるけど、暁山を目の敵《かたき》にしている女子もいる。今日の委員会決めでも、悪《あ》し様《ざま》に言う声が聞こえて来た。

彼女らによって郁にまで被害が及ぶ可能性はあるだろうか。……ないとは言い切れない。

もし、想夜歌に悪意が向けられるかもしれないとしたら、どうするだろう。俺も暁山と同じように、回避しようとするはずだ。

だから、彼女の考えが杞憂《きゆう》だと断ずることはできなかった。

むしろ弟のために思って行動する彼女を、好ましくすら思う。

その後は会話もなく、縦に並んで幼稚園まで走った。追いかけるだけで汗だくである。電動自転車速すぎるだろ。

幼稚園に着き、自転車を停める。

「ん？　でも別に教室でクールぶってる理由にはなってなくないか？　なぜか学級委員長になったのも意味わからないし」

ふと浮かんだ疑問を口にすると、暁山が自転車に鍵《かぎ》をかけ、したり顔で俺を見た。

「そのほうがカッコイイからよ」

「は？」

「私はクールで完璧《かんぺき》美少女なお姉ちゃんを目指しているの。郁が自慢できるように」

「あ、そう……」

こいつ、やっぱバカだ……。あと自分で美少女とか言うなし。

俺の中に辛《かろ》うじて保たれていた暁山像が、音を立てて崩れていく。誰だ、才色兼備とか言った奴。弟が絡むとなぜこうも残念になるのか……。

それから俺は、お部屋で絵を描いて遊んでいた想夜歌を引き取って、帰路についた。

隣で郁の手を引く暁山の顔はやはり緩んでいて、今のところカッコイイお姉ちゃん計画は難航しているようである。

四章　妹のお絵かきが天才すぎる。

The Love Comedy Which Nurtured With a Mom Friend

「るるるーるるるーぱぱぱーぱー」

想夜歌《そよか》の上機嫌な鼻歌がリビングから聞こえてくる。

幼稚園に通い出して、最初の週が終わった。帰るたび習ったお歌を聞かせてくれるので、毎日楽しみにしている。にしても、想夜歌の歌声は天使だな。将来は歌姫確定。録音してレコード会社に送ったらすぐにデビューできるんじゃないか？　才能に溢《あふ》れすぎていて困るな。

特に『新入生歓迎会』と称した上級生による歌の発表が印象深かったようで、無限リピート中だ。歌詞は覚えていないのでメロディの一部分だけが永遠にループしている。

「想夜歌は歌が上手《うま》いな！」

「あいとー！」

「ありがとうの言い方が可愛《かわい》すぎるッ」

これから言葉をどんどん話せるようになっていくと思うと、嬉《うれ》しくもあり寂しくもあるな。舌ったらずの時期はそう長くない。

「想夜歌、もう一回言ってくれないか？　動画に残すから」

「えーやだ」

「そんなっ！　かくなる上は家に監視カメラを設置するしか……」

そうだ、想夜歌の成長を全て記録したホームビデオを作ろう。幼稚園にも設置させてもらいたい。

「お兄ちゃんがまたへんなことゆってる」

想夜歌のジト目もまたご褒美《ほうび》。

俺が家事をしている間、想夜歌は大人しくテレビを見ているかおもちゃで遊んでいることが多い。特に最近は、目を離しても大丈夫になってきたので助かっている。

ちらりとテレビに目をやると、想夜歌がハマっているアニメ『恋するミニスカちゃん』が放送されていた。

『ワイシャツさん、私、見ちゃったのよ。あなたがジーンズさんと一緒にマネキンに着せられているところ』

『ミニスカちゃん、俺が不倫してるって言いたいのか？』

『違うの？』

『はぁ。面倒だな……。今日も遅くなる。夜ファブはいらないから』

『……わかったわ。いってらっしゃい』

相変わらず、なんだこのアニメ……。擬人化した衣服が繰り広げる昼ドラばりにドロドロした恋愛アニメとか、夕方にやる内容じゃないだろ。ちなみに、トップスが男性キャラでボトムスは女性キャラである。

「ミニスカートちゃん、かわいそう……」

想夜歌《そよか》がしっかり感情移入して、袖で涙を拭《ぬぐ》った。感受性豊かだ。昼ドラに共感できる幼稚園児ってなに？

ミニスカちゃんは、コミカルなキャラクターと意外にもしっかりしたストーリーで、謎の人気を誇っているらしい。大人でも子どもでも楽しめる内容と評判だ。

クラスの女子にも何人かハマっている子がいて、たまに耳に入ってくる。グッズも多く展開されていて、我が家にも主人公のミニスカちゃん（主人公でワイシャツの妻。不倫されている）のぬいぐるみがある。

『ワイシャツさん……でも私、諦《あきら》められない！　ワイシャツにはミニスカートが一番合うって、絶対証明してみせる！』

主人公のミニスカートちゃんが決意を固めたところで、エンディングに入った。

わけわかんねえ……。

「……想夜歌、そろそろ夕飯の準備するか」

「する！」

母さんは今日も遅くまで仕事だ。

たった二人で暮らすには戸建ての住宅は広すぎて、もっぱら一階部分しか使っていない。

リビングからどたばたと走ってきた想夜歌は、満面の笑みで冷蔵庫に突撃する。

食材の買い出しや家事は基本的に俺がしている。両親が休みなく働いているおかげで金銭的な不安はないものの、やはり大変だ。想夜歌のためなら頑張れるけど！

「そぉか、ステーキにきめた」

「ステーキなんてねぇよ。肉野菜炒めでいいか？」

「ピーマンいれたらおこる」

冷蔵庫から一つずつ野菜を取り出すのを、監視するようにじっと見つめてくる。

キャベツ、ニンジン、玉ねぎ……作業台の上に野菜が並ぶのをニコニコ眺めていたのだが、ピーマンが顔を出した瞬間、表情が絶望に染まった。

目を大きく見開いて、わなわなと震える。

「ごうもん……？」

「どこで覚えたんだ、そんな言葉」

「ピーマンたべたらそぉか、みどりになる」

「ならねぇよ……」

仕方ない、今日はピーマンなしにしとくか。冷蔵庫に戻すと、想夜歌に笑顔が戻った。コロコロ変わる表情が面白くて、ついからかってしまう。

想夜歌はせっせと踏み台を運んできて、シンクの前に立った。

「そでやってー」

想夜歌《そよか》が両手を上げて、俺に言う。

あまりの可愛《かわい》さににやにやしながら、袖をまくってあげる。最後に、ゴムでそれを留めた。

しっかり手を洗い、出番を待つ。

「じゃあキャベツを洗ってもらおうかな」

「まかしぇろ」

一口大にカットしたキャベツをザルに入れ、想夜歌に手渡す。

最近はお手伝いが妹のマイブームだ。心身ともに成長しているようで、お兄ちゃん嬉《うれ》しいよ。

包丁を使うのは危ないので、野菜を洗うのが彼女の役割だ。

「将来は良いお嫁さんになるな……は？　誰とも結婚させないけど？」

「お兄ちゃんはよくひとりでしゃべってる」

肉と野菜を雑に炒め、塩コショウとコンソメで味を付ける。簡単な男料理だ。

二人で使うには広いテーブルに並べ、横並びに座った。

「いただきまーす！」

子ども用のフォークを上手に使って、少しずつ口に運んでいく。「うまっうまっ」と本当に美味《おい》しそうに食べるので、作り甲斐《がい》がある。

「幼稚園は楽しいか？」

「おえかきした」

「待て、その絵はどうした？　早く俺に渡せ。スキャンとラミネートして現物データ両方とも永久保存するから」

想夜歌のイラストなんてプレミアものだろ……。

「すてた」

軽い調子でそう言われたので血涙を流した。かくなる上は幼稚園に侵入してゴミ捨て場を漁《あさ》るしか……。

いや、それだと本当に犯罪者になってしまう。

想夜歌が食事を終え食器を片付けるのを見計らい、紙とクレヨンを差し出した。

「うちでもお絵かきしない？」

「えー」

「お兄ちゃんのプリンをあげよう」

「まかしぇろ」

取引は成立した。

想夜歌はカーペットに身を投げ出し、黒のクレヨンを握りしめた。足をぶらぶら揺らす。

「なんて淀《よど》みない手つき。これが天才か……」

何を描いているのかはよくわからない。だが、彼女の中では壮大な物語が始まっているに違いない。

次第に形が鮮明になっていく。ほほう、これは人間……まさかっ。

「これはお兄ちゃんだね？」

「いく」

いく……郁《いく》……暁山《あきやま》の弟……。

あまりのショックで手が震える。いつの間にそんなに仲良くなったの？

そういえば、今日も迎えに行ったら郁と遊んでいたような……。

組も同じだし、俺と暁山は迎えに行くタイミングがほぼ一緒だから、必然的に延長保育も同じ時間になる。

想夜歌《そよか》に絵を描いてもらえるなんてずるい。暁山郁、許すまじ。俺を敵に回したな。

俺がメラメラ対抗心を燃やしている間にも、想夜歌は絵を描き進めていく。拙《つたな》いながらも、楽しそうに遊具で遊んでいるのがよくわかるイラストだった。描いている本人も楽しそうだ。

ああ、なぜ俺じゃないのか。

「できた！」

「くっ、さすが想夜歌だ。天才すぎる。欲しい、けど郁がモデルなのが悔しいッ。そうだ想夜歌、次はお兄ちゃんを描かないか？　うん、それが良い！」

「そぉか、あきた。あにめみる」

想夜歌はクレヨンを放り捨てると、ソファに向かっていった。

その後、拝み倒してなんとか俺の絵を描いてもらったのは言うまでもない。

一週間プリンを増量することを条件に手に入れたイラストは、額縁に入れて俺の部屋に飾った。

五章　妹のスマホデビュー。

土曜日。想夜歌《そよか》が幼稚園児になってから初めて迎える休日に、二人で隣駅の総合スーパーを訪れていた。

食品の買い出しくらいならここまで来る必要はないが、雑貨や家電が欲しい時にはよく利用する。様々な店舗がテナントとして入っており、また時折子ども向けのイベントなども行われる。

開店直後の店内は買い物客でごった返していた。はぐれないようしっかりと、想夜歌の手を握った。

目指すは一角にある携帯ショップだ。

「すまぽ、すまぽっ」

「スマホな」

母さんの許可が出たので、想夜歌のスマートフォンを購入しに来たのだ。

幼稚園児でスマホというのも少々早い気がするが、俺や両親が一緒にいることができず一人になってしまうこともあるため、念のため持っていたほうが良いという判断だ。保育園とは違い、幼稚園児にもなると行動範囲も広がる。万が一が起きてからではもう遅いのだ。

もちろん、この歳からゲームやインターネットに依存させるつもりはない。様々な機能が付いたキッズスマホにするつもりだ。

想夜歌はスマホでしたいことがあるというより、スマホを持つこと自体に憧れているようだ。大人はみんな持ってるもんな。

「すまぽっ、すま……たいやき⁉」

調子良く歩いていた想夜歌が、俺の手を引いて突然立ち止まった。衝撃を受けたような顔をして、目をまん丸にしている。

テナントのたい焼き屋だ。混んでいるのによく気が付いたな！

想夜歌は甘いものに目がないからなぁ……。

買ってあげたいけどさっき朝食を摂《と》ったばかりだ。たい焼きは意外と腹に溜《た》まるから、お昼が入らなくなる可能性もある。

にこにこで俺を見る想夜歌に、そっと告げる。

「スマホ買えなくなっちゃうぞ」

「はっ……！　はやくいくよ。お兄ちゃん、とまっちゃだめ」

「あっ、こら走るな！」

目的を思い出した想夜歌が、再び歩き出した。

家族が使っている大手キャリアの携帯ショップは、三階にある。

そわそわする想夜歌《そよか》の肩を押さえてエスカレーターで上り、店に辿《たど》り着いた。用件を伝え、整理券を受け取る。

一時間待ちか……いつも混んでいるな、ここは。

「想夜歌、どれにしようか」

キッズスマホは二種類あって、それぞれ三色ずつ展開されていた。

防犯ブザーやGPSがついているので、何かあった時でも安心だ。ブザーが作動すると保護者のスマホに通知が行くらしい。アプリで子どもの位置を調べたりすることもできる。

電話やメッセージのやり取りも当然できるので、世の親御さんは積極的に持たせたほうがいいと思う。

と、いうことはいつでも想夜歌の声を聞けるわけだ！

「ぴんく……きいろ……ぴんく……」

キッズスマホの上部に生えた触角のようなブザーをつんつん突きながら、想夜歌は目を泳がせた。一応、家でカタログを見てきたのだが未《いま》だに決めかねているようだ。

残された黒色のスマホが、なんだか哀愁を漂わせている。大丈夫、きっと男の子が買ってくれるさ。

手持ち無沙汰《ぶさた》になった俺は、何気なく店内を見渡した。毎年新型のスマホが出るから、正直ついていけない。スマホの買い替えなんて三年に一回くらいしかしないからなぁ。

違いがよくわからない最新機種を見比べていると、見知った顔が視界に入って来た。

「あれ、暁山《あきやま》じゃん」

よっ、と手をあげて声を掛ける。

機嫌良さそうに微笑を浮かべ郁《いく》と話していた暁山だったが、俺を見た瞬間その表情を消した。

「あら、奇遇ね」

右手で後ろ髪を大げさに払って、にこりともせず口を開いた。

「いや無理だって……ばっちり見ちゃったから今更クール気取っても誤魔化《ごまか》せないだろ……」

「何のことかしら。私は常に冷静だけれど」

めちゃくちゃご機嫌だったけどな？

白いパーカーにジーンズというラフな格好でキャップを被《かぶ》った暁山は、制服姿とは随分雰囲《ずいぶんふんい》気《き》が違う。郁がいなかったら、暁山だと気が付かずスルーしていたかもしれない。

ていうか、そっか。幼稚園が一緒だし、家も近所なのか。中学は違うから、隣の学区かもな。

「そよかちゃん」

「いくだ！」

おい、俺の可愛《かわい》い妹に気安く話しかけるな。……と言いたいところだが、子どもの交友関係に口を出すと嫌われるらしいのでぐっと我慢する。代わりに、郁に無言のプレッシャーを与えたら、暁山から睨《にら》まれた。

このお姉ちゃん怖すぎない？

暁山《あきやま》が想夜歌《そよか》をちらりと見て、首を傾《かし》げる。

「想夜歌ちゃんにスマホを買うのかしら」

「ああ。防犯にもなるし、何かあった時のために連絡は取れるほうがいいと思ってな」

「てっきりGPSで常に監視するためかと思ったわ」

「お前は俺をなんだと思ってるんだ……たまにしか確認しない予定だぞ」

それにわざわざ確認するまでもなく、幼稚園以外は常に一緒にいます。

「でも、スマホはあると安心よね」

「キッズスマホなら家族プランと合わせて全然料金掛からないみたいだし」

「そうなの？　郁《いく》にもあったほうがいいのかしら」

暁山が、頬《ほお》に手を当てて思案する。

クラスメイトの会話ではなく、完全に子を持つ親同士の会話である。

想夜歌と郁は、サンプルのスマホを耳に当て遊んでいた。キッズスマホは比較的小さく作られているとはいえ、想夜歌の手にはまだ大きい。両手で支えてなんとか耳に押し付ける。

「いくも、すまぽかう？」

「ほしい……！　姉ちゃん、おねがいっ」

郁は目を輝かせ暁山に抱きついた。なんて純粋ないい子なんだ。想夜歌ほどじゃないけど。

抱きつかれた暁山は、目を見開いてフリーズした。

「い、郁が私を口説いているわ」

「だめ？」

「これが禁断の恋……大丈夫よ、郁。いつかこんな日が来ると思っていたわ。お姉ちゃん、受け入れる準備はいつでもできているの。郁の好きなようにしていいのよ」

スマホの話だよな？

淡々とした声のまま、早口でまくし立てる。

我に返った暁山は、一つ咳払《せきばら》いをしてどこかに電話をかけ始めた。会話は聞き取れなかったが、どうやら母親に許可を取り付けているらしい。

「郁、お母さんが買ってもいいって」

「やったっ」

「でも私では契約できないから明日ね。今日はどれにするか決めるだけにしましょう」

未成年者だけで契約するには親の同意書が必要だ。当然、俺は持ってきている。

暁山の母親は、土日は休日なので溜《た》まった家事を片付けているのだとか。今日は、邪魔《じゃま》にならないように郁を連れて買い物に来たらしい。

「そぉか、ぴんくにきめた」

想夜歌がピンク色のスマホを持って、俺に渡してきた。これ展示品だから渡されても困るんだが。

「ピンクは想夜歌《そよか》のために生まれた色だからな。完璧《かんぺき》なチョイスだ」

「兄バカにもほどがあるわ……」

「お前に言われたくねぇよ?」

自覚はあるのか、暁山《あきやま》はむっとしてそっぽを向いた。

こいつ、むしろ俺よりも重症だろ。俺はただ、想夜歌が世界一可愛《かわい》くて美人で天使であらゆる才能を持つ奇跡の子だと思っているだけだ。

想夜歌は郁《いく》にもスマホの色を報告しに行った。ふっ、所詮《しょせん》お前は俺の後だ。

郁もどれにするのか悩んでいるらしい。真剣な顔で、台の上に並ぶスマホを見比べている。横顔はなかなか凜々《りり》しい。姉に似ているな。

「いく、きいろがいいとおもう。とてもかわゆい」

はい、と黄色のキッズスマホを取って郁に渡した。郁はそれを受け取り想夜歌の顔と交互に見る。そして、それを台に戻した。

そして何を思ったのか、キッズスマホのコーナーから離れて行く。暁山が見守る中、通常機種の台に手を伸ばして、大人用のスマホのサンプルを手に取った。画面の大きな最新機種だ。

「ぼくはこれ!」

そのスマホは子どもの手には大きくて、今にも落としそうだ。防犯の機能などもついていな

いし、幼稚園児には無用の長物。大人用だから機能も多いし、使いこなすのは難しいだろう。それに、なにより値段が高い。

「郁《いく》、それは大人が使うものなのよ。あっちのやつにしましょう。可愛《かわい》いスマホがあるわよ」

暁山《あきやま》は郁の前にしゃがみ込んで、諭《さと》すように言った。郁が抱きかかえるスマホに手を伸ばす。だが、郁はさっと身を引いて避けた。

「……いや」

「もう、どうしたの？　それはまだ、郁には難しいわ」

「これがいいの！」

「触りたかったらお姉ちゃんのを貸してあげるから」

暁山が困った顔で郁の頭を撫《な》でた。

郁が見ているのは、想夜歌《そよか》だ。

きょとんと小首を傾《かし》げている想夜歌は、何もわかっていない様子だ。暁山も、郁が強情な理由はピンときていないのだろう。

「まあ、男の子だもんな」

優秀な暁山でも、男心はわからないらしい。

俺の呟《つぶや》きに、暁山がキッと目を光らせる。怖いわ。

「なによ。あなたに郁の何がわかるのかしら」

「あんな言い方じゃダメだよ。……ちょっと郁借りるぞ」

想夜歌を暁山に預け、郁の手を引いて少し離れる。暁山が怪訝《けげん》そうに見てくるけど、誘拐《ゆうかい》したりしないから安心してくれ。

むしろ、想夜歌に何かしたら許さないぞ。

「兄ちゃん、なに？」

「お、お前のお兄ちゃんになる気はないッ」

こいつ、早くも彼氏ヅラか！　想夜歌に男はまだ早い！

……咳払《せきばら》いをして呼吸を整える。キッズスマホの黒を手に取り、郁と目線を合わせた。

「見ろ、これは子ども用のスマホだ」

「やだ、こっちのほうがい」

「そうだな。そっちのほうがカッコイイ」

「う？」

鷹揚《おうよう》に頷《うなず》いて見せる。予想と違う返答だったのか、反論しようと開けた口は行き場を失いうめき声だけを発した。

「うちの、俺の最高に可愛い想夜歌は、これのピンクを買おうとしている。つまり、郁がこれを買えば色違いのお揃《そろ》いだ」

「でも、ぼくはカッコイイやつがいい」

「その通り。どうせ買うならカッコイイやつのほうがいい。だが、考えてみろ。想夜歌《そよか》は天使だが、ちょっとおバカだ。いや、将来は才女になること間違いなしだし、そんなところもキュートで昨日も歯磨き粉を呑《の》み込んで……ごほん。ともかく、スマホを使いこなすのに時間が掛かるだろう」

迂遠《うえん》な言い方をしているから、郁《いく》にはまだ理解できないかな。でも、あえて難しい言い回しをすることに意味がある。

男ってやつは、年がいくつでも見栄っ張りでかっこつけたがるものだ。たとえ姉でも、そのあたりは理解できていないらしい。

結局のところ、郁は想夜歌に良い格好をしたいだけなのだ。相手が想夜歌なのは癪《しゃく》に障《さわ》るが、気持ちは理解できる。女の子と同じものを後から選ぶなんて、男のプライドが許さない。

それに、暁山《あきやま》の否定するような言い方も良くないな。頭ごなしにダメと言われたって、郁はより意固地になるだけだ。

ぽかんと口を開ける郁に、言葉を続ける。

「いいか郁。先にこのスマホの使い方をマスターするんだ。お前は完璧《かんぺき》に使えるのに、想夜歌はまだ使えない。さて、どうする？」

「……！　おしえてあげる……！」

「そうだ。スマホの使い方を教えるのは、同じスマホを持っていないと難しい。機種によって全然違うからな」

　郁ははっと息を呑み、目を輝かせた。俺の手からキッズスマホを引ったくり、代わりに持っていた大人用のスマホを渡してくる。

「これにする」

「おし、じゃあ姉ちゃんに買ってもらおうぜ」

「うん！」

　黄色はちょっと可愛《かわい》すぎるから、やっぱ黒がいいよな。キッズスマホなら暁山も安心だ。

　戻ると、想夜歌と暁山が仲良く話していた。

「いい？　帰ったらこう言うの。お兄ちゃん臭い、って」

「くさくないよ？」

「一緒にお風呂入りたくない、でもいいわ。これを言うと、お兄ちゃんを倒せるの」

「そぉか、お兄ちゃんよりつよい……？」

「ええ、強いわ」

「そぉかはさいきょう」

　悪魔だ。悪魔が悪い笑みを浮かべている。

「おい、人の妹に変なこと教えんな」

　そんなこと言われた日には、ショックで数日寝込むぞ。

慌てて想夜歌《そよか》を救出する。想夜歌の表情は、なんだか得意げだ。い、言わないよな？

人質交換がごとく、郁《いく》も暁山《あきやま》の元に戻っていった。手には大事そうにキッズスマホが握られている。「こっちにする」と暁山に言った。

「どうやったの？」

暁山が眉間《みけん》に皺《しわ》を寄せて俺を睨《にら》んだ。

うわ、すっごい悔しそう。

「内緒《ないしょ》だ。な？」

唇に人差し指を当てて郁と目配せする。郁もにっこり笑って、同じように返してくれた。

「うん、ないしょ」

男同士の秘密ってやつだ。

それを見て、暁山がさらに不機嫌になる。

「大変、郁が悪影響を受けているわ。郁、ダメよ。あれは幼女趣味の変態なの。郁は可愛《かわい》いから、近づいたら危ないわ。お姉ちゃんの後ろに隠れなさい」

「俺のことをどう思ってるのか一回ちゃんと聞いてもいい？」

俺は想夜歌一筋だって何度言えば伝わるんだ。

仮に幼女趣味でも郁は幼女じゃないし。

整理券の番号が呼ばれたので、暁山たちとは別れ受付に向かう。

キッズスマホなので契約はシンプルだ。子どもが使うものなのでオプションは山盛りにしておいた。それでも、家族の契約とセットなのでだいぶ安い。

ついでにフィルムとケース、首から下げる紐《ひも》も購入した。初期設定は帰ってからゆっくりやろう。

「すまぽ、げっと」

途中から飽きていた想夜歌だったが、店員さんから手渡された新品のスマホを手にご満悦だ。

「なまえなにがいいかな？」

「すまぽでいいんじゃないか？」

契約書類やら説明書やらが入った袋を手に、席を立った。店員さんが明るい声で見送ってくれる。

想夜歌、あんまりスマホを見てると転ぶぞ。

店を出ようとすると、入口付近に暁山と郁が立っているのが見えた。

「あれ、まだいたのか？」

「まだきちんとお礼を言っていなかったから」

「律儀《りちぎ》だな。気にしなくて構わないのに」

「郁のこともそうだし、そもそもキッズスマホを勧めてくれたのも響汰《きょうた》だもの。助かったわ、ありがとう」

ぺこり、と暁山《あきやま》が軽く顎《あご》を引いた。

おお、控えめだけど、あの暁山澄《すみ》が頭を下げたぞ。

「お、おう。どういたしまして。……なんで名前呼び？　いやいいんだけど」

前会った時は昏本《くれもと》君って呼ばれたような。暁山はたしか、男女問わず苗字《みようじ》呼びしていたはず。

「想夜歌《そよか》ちゃんも同じ苗字じゃない」

何でもないことのように、無表情のまま言った。深い意味はなさそう。

「なるほど……じゃあその、す、澄」

「なぜか全身に鳥肌が立ったわ。私のことは苗字でお願い」

「え、そんなに俺の言い方キモかった？」

想夜歌が俺たちの会話を聞いて、ニンマリと笑った。

「そぉか、しってる。つんでれだ！　あにめでみた！」

「想夜歌、間違ってるぞ。こいつのはただのツンツンだ。クールぶってるだけのバカだ」

「すみちゃん、おばか？」

想夜歌は最近、恋愛もののアニメやドラマにお熱だから、男女仲に興味津々《きようみしんしん》なのである。

いつもの調子で軽口を叩《たた》いたが、ぞっとするほど冷たい声がした。全身に悪寒《おかん》が走る。

「へえ？」

恐る恐る視線を向けると、暁山が鬼の形相で睨《にら》んでいた。想夜歌と一緒にかちん、と固まる。

人を寄せ付けない謎のオーラがあるんだよな……。美人が凄《すご》むと本当に恐ろしい。

「想夜歌ちゃん？　私は知的でクールな美人よ。そうでしょう？」

「すみちゃん、ちてき。くーる」

「そう。偉いわ」

想夜歌はこくこくと頷《うなず》いて、復唱した。

うちの妹をイジメないでくれますかね。

「姉ちゃん、おなかすいた」

俺と暁山の睨み合いは、郁《いく》の一言で終わりを告げる。空気の読める子だ。

即座に表情を弛緩《しかん》させた暁山が、目を細めて郁を見た。その優しさの一割でも外に向けてくれれば、俺も気が休まるのだが。

「そろそろお昼にしましょうか」

「うん！　そよかちゃん、いっしょにたべよ？」

郁が想夜歌を見て、無邪気に言った。

思わず、俺は暁山と目を合わせる。家で食べるつもりだったが、たまには外食もいいか。

「暁山、大丈夫か？」

「そうね、子どもたちが一緒に食べたいみたいだから」

「俺とは食べたくないように聞こえるな」

まあ所詮《しょせん》、俺と暁山《あきやま》は子どもたちを通じて関わっているだけの関係だ。

友達との外食にテンションが上がる想夜歌《そよか》を連れて、スーパーの一階にあるフードコートに向かった。壁沿いに飲食店がいくつも並んでおり、購入したあと好きな席で食事ができるシステムだ。

四人席を確保し、それぞれおぼんを手に座った。同年代同士で向かい合う。

「郁《いく》、手を拭《ふ》きなさい。次は消毒よ。うん、偉いわね」

ウェットティッシュや消毒スプレーなどを駆使して郁の世話を焼く暁山。準備が良い。

郁が食べて始めても、自分の食事はそっちのけでずっと郁を見ている。子ども用の小皿に取り分けたり、郁の口を拭いたりと、忙しそうだ。

表情は真剣そのものだ。そんなに気負わなくても……。郁はスプーンを手に、黙々と口に運んでいる。

「うまうま」

「想夜歌は、うん。大丈夫そうだな」

めっちゃこぼしてるけど、そんなところも可愛《かわい》いぞ！

ちなみに俺はカツ丼だ。想夜歌と郁はファミレスで見るようなお子様プレートがあったので、それを選択。暁山はざるそばを啜《すす》っている。

「あー、もう。口についてるわよ」

「むう、だいじょぶ！」

完全に母親だ。子ども扱いされた郁は嫌がって顔をそむけた。

「ほれ郁、カツ食うか？」

「それそぉかのぶん」

「もちろん想夜歌にもあげよう。なんなら全部あげてもいい」

一切れを半分に割って、想夜歌と郁の皿に乗せる。

「きょうた兄ちゃん、ありがとう！」

「あいとー！」

想夜歌の笑顔があればご飯三杯はいけるから、おかずなんていらないな。

一瞬で機嫌を取り戻した郁は、ニコニコでカツを頰張《ほおば》った。

「……子どもの扱いが上手《うま》いのね」

「ん、あー。まあ基本テキトウでいいんじゃないか？　って俺は思ってるけど。本当に危ない時だけ助けてやれば大丈夫だろ」

お兄ちゃん歴は短いから、まだまだ勉強中だ。暁山のように甲斐甲斐《かいがい》しく面倒を見るのも良いと思うし、どっちが正解かなんてわからない。

「郁が響汰《きょうた》に懐《なつ》いているのが釈然《しゃくぜん》としないわね。負けた気分だわ」

「さっきから若干《じゃっかん》不機嫌そうなのはそれが理由かよ……」

暁山《あきやま》も良いお姉ちゃんだと思うけどな。郁《いく》だって恥ずかしがっているだけで、本心で嫌がっているわけじゃないだろうし。

「……お父さんがいれば、こんな感じだったのかしらね」

「ん？　なんて？」

暁山が小さく呟《つぶや》いた言葉は、店内アナウンスにかき消されてよく聞こえなかった。

「響汰《きょうた》の精神年齢が低いから気が合うのかもって言っただけよ。ほら、あなたもご飯粒をつけているじゃない」

すっと手を伸ばした暁山は、俺の頬《ほお》からご飯粒を取って自分の口に運んだ。あまりに自然な動きで、反応できなかった。

「え？」

唖然《あぜん》として、暁山を見る。

彼女は唇に指を付けた体勢でフリーズしていた。少し遅れて、目を見開くと手をぶんぶん振った。

「ち、ちがうの！　これはただ、子どもの世話と同じで、深い意味はないわ。さっきまで郁にしていたことをしただけよ」

「そ、そうだよな！　大丈夫、うん」

マジ照れされると調子狂うわ！　無意識かよ！

暁山は俯《うつむ》いたまま慌てて箸《はし》を取り、そばを一気に啜《すす》った。

「姉ちゃん、だいじょぶ？」

郁が心配そうに姉を見る。そいつ、自爆しただけだから気にするな。

想夜歌《そよか》を見ると、両手を口元に当て、ニマニマと笑っていた。

「らぶらぶしてる！」

「「してない！」」

俺と暁山の声が重なった。

「いきぴったり」

最後まで、子どもたちに振り回される休日だった。

六章　うちの妹は料理もできる。

The Love Comedy Which Nurtured With a Mom Friend

学校から幼稚園に向かう途中、着信音が鳴ったので自転車を停めた。

『もしもし、お兄ちゃんですかー？』

「お兄ちゃんですよー」

『はやくむかえきて！　すぐだよ！　ばいばい』

すぐに行きますとも！

キッズスマホを買ってから二日、想夜歌《そよか》はさっそく使いこなしている。ショートカットから俺に通話ができるように設定してあり、その操作は完璧《かんぺき》だ。

想夜歌に可愛《かわい》くお願いされたら、頑張らないわけにはいかない。今日の俺は一味違うぜ。スマホをスクールバッグに突っ込み、自転車を走らせる。

「そろそろ来ると思って電話をしたのか。嬉《うれ》しすぎる」

昨日たくさん操作の練習をしたからな。直接言えばいいことでも、事あるごとに通話してくる。おかげで着信履歴が想夜歌一色である。他の名前はいらないから、もう誰も電話しないで欲しい。

本当は少しも待たせず迎えに行ってあげたいのだが、学校があるから難しい。なぜ俺は高校生なのだろうか。想夜歌専属のお兄ちゃんになりたい。

幼稚園の預かり時間は本来、午後の二時までだ。

俺は学校がある関係上、四時近くまで延長保育をお願いしている。料金もそれほど高いわけではないし、きちんと見てくれるので安心だ。同じように残っている子もいるので、想夜歌としてはいっぱい遊べて楽しいみたい。

「今日も暑苦しいわね」

「お迎えの時間になると元気になるよな、お前……」

幼稚園の手前で見つけた暁山《あきやま》と合流し、幼稚園の敷地《しきち》に入る。

学校じゃ一言もしゃべらないくせに、幼稚園に来ると機嫌が良くなる。いや、機嫌が良いと毒舌になるのもどうかと思うけど。

暁山とは同じクラスだから、必然的にお迎えのタイミングも同じになる。そのためか、想夜歌と郁《いく》は二人で遊んで待っていることが多い。

今日は二人で泥団子を作って遊んでいた。あちゃー、全身泥だらけだ。帰ったら洗わないと。

「ちょっと、あなたの妹さん、郁と距離が近すぎないかしら。郁がカッコイイからって色目使わないでちょうだい」

「ああ想夜歌、ダメだぞ。可愛いんだからそんな勘違いさせるようなことしちゃ……。男は狼なんだから」

俺たちのやり取りも、もはや平常運転だ。

先生に挨拶《あいさつ》すると、俺たちに気が付いた想夜歌《そよか》がぱっと顔を上げた。

「お兄ちゃん！」

「想夜歌！　会いたかったぞ！」

「みて、どろだんご。あげる」

はい、と手渡された泥団子を、壊さないよう両手で包み込む。湿った土の感触がひんやりと気持ちいい。形は少々不格好だけど、上手に作ってある。

懐《なつ》かしい。しっかり固めて磨くと、表面が青く輝いてくるんだよな。俺も昔よく作った覚えがある。

「ありがとう……一生大事にするよ。よし、帰ったらショーケースに入れよう」

「郁《いく》にもらった」

「ぶっこわす」

想夜歌にプレゼントだと？

郁め、完全に狙ってやがる。想夜歌は純粋だから、泥団子なんてもらったら喜んじゃうじゃないか。そうやって懐柔《かいじゅう》していく作戦かっ！

「大人げないわね……」

「想夜歌に悪い虫が付かないようにしないといけないからな」

「あなた、今誰を虫扱いしたのかしら？」

「悪い、狼だったたわ。ていうか、大人げなさはお前も大概《たいがい》だと思うけど」

「私、気が付いたのよ……姉が美人すぎて、郁はきっと平凡な女性では満足できないに違いないわ。美的感覚を歪《ゆが》めてしまうのは心苦しいけれど、仕方のないことね」

「お前、すげぇな」

どこからその自信が湧《わ》いてくるんだろう……。

ちなみに、郁も負けず劣らず整った顔付きをしている。将来はかなりの美男子に育つだろう。恐るべきは遺伝子か。

ちなみに、想夜歌はこの世の奇跡なので、比べるのは相手が可哀《かわい》そうだ。

想夜歌は泥だらけの手で首から下げたスマホを持った。丈夫に作られているから汚れても大丈夫だ。

「みて、いくとすまぽのこうかんした」

「ダメだ！　お、男と電話なんてまだ早いぞ」

電話番号の登録なんてしたら「寂しいから電話しよ」とか「声聞きたくなっちゃった」とか「このまま寝落ちするまでつなげてようね」とか、急接近するに決まってる！　お兄ちゃんはそんなの許しません。

慌てて想夜歌のスマホを確認したら、知らない番号が登録されていた。誰だ、あいつにスマホの操作を教えたやつ！

「郁《いく》、交換できて良かったわね」

「うん……！」

暁山《あきやま》が郁の頭を撫《な》でる。こうして見ると、普通の良いお姉ちゃんだ。

「想夜歌《そよか》ちゃん、私とも交換しましょう？」

「しょーがないな～」

お姉さんにお願いされて、想夜歌はご機嫌に頷《うなず》いた。

郁はスマホを大切そうに胸に抱えてにやけている。くっ、説得の時に余計なことを言わなければ良かった。

「響汰《きょうた》」

「ん」

想夜歌と軽くハイタッチして立ち上がった暁山が、俺にスマホを向けた。

「ん？」

「渡しなさい」

なぜだか少し気恥ずかしそうに、そっぽを向いてもじもじしている。

「ああ、俺とも交換したいのね」

「交換したいというか、したほうがいいと思うわ。郁のこともあるし、これからも保護者として連絡が必要なこともあるでしょう？　郁と想夜歌ちゃんのためね。別にあなたと個人的な連絡をする予定はないのだけれど。あと、入園式で撮った写真も送りたいし」

「ほれ」

素早く操作し、メッセージアプリのＱＲコードを読み込んだ。ついでに電話番号もメッセージで送っておく。

「おし郁、俺にも交換の仕方教えてくれよ」

「いいよ……！　えっとね」

想夜歌に教えるために頑張って覚えたんだろうな。文字が読めなくても、操作の順番さえ覚えれば交換は可能だ。たどたどしいけど、ちゃんと交換することができた。

健気《けなげ》なのはいいが、その恋は応援できないぞ！

「よし帰るか……って、暁山、どうした？」

先ほどの郁よろしく、スマホの画面を嬉《うれ》しそうに眺めていた暁山は、俺が話しかけると澄《す》まし顔に戻った。顔を取り繕《つくろ》うのは一丁前だけど、手元のスマホは空中を躍った後地面に落ちた。

「お前……」

ここで、俺のことが好きなのかも！　とか考えてはいけない。

「ちなみにだけど、同年代の連絡先はどれくらい持ってる？」

「……いとこが一件かしら」

こいつ、友達いなさすぎる……。そういえば、学校でも誰かと親し気にしているところは見ないもんな。

可哀《かわい》そうだから俺が友達になってあげよう。

「郁《いく》、帰りましょう」

「う、うん……」

暁山《あきやま》は、ウェットシートで郁の手を拭《ふ》きながらそう言った。泥団子を作ったから真っ黒だ。想夜歌《そよか》と違って服は綺麗《きれい》なままなところに、性格の違いを感じる。想夜歌はパワフルだからな！

ちなみに、郁が作ったという泥団子は結局、想夜歌が落として割っていた。無情である。

「いく、げんきない？」

想夜歌の言う通り、郁のテンションが少し低い。姉に手を引かれても足取りが重く、表情が硬い。

幼稚園が楽しすぎて帰りたくないのかな。はっ、想夜歌と離れたくないとか？

うちの妹はモテすぎて大変だな。これからの人生、何人の男を狂わせるのか。

「ううん……げんきだよ」

「今日は母が残業で遅いから、寂しがっているのよ。それだけよ。ね？」

郁は口を噤《つぐ》んで俯《うつむ》いた。ちょっと心配になる態度である。暁山の焦《あせ》ったような口調も不穏《ふおん》だ。彼女に限ってそんなことはないと思うが、まさか虐——

「姉ちゃんのごはん、おいしくない……」

「ぶふぉっ」

郁の言葉に、思わず噴き出した。

切実な声だ。気遣いのできる郁がここまで言うってことは、相当まずい可能性がある。

ちらりと暁山を見ると、熟練の殺し屋みたいな目をしていた。

「たしかに前回は少し失敗してしまったけれど、今日は大丈夫よ」

暁山が斜め上を見ながら言った。

「……普段はママが作ってくれるのか？」

「うん！」

「お姉ちゃんは？」

「だめ」

子どもは素直だなぁ。

暁山も、郁には怒れないらしい。代わりに俺が睨《にら》まれる。

「なんつーか、意外だな、暁山ってなんでもできると思ってたわ」

「できるわよ。ただちょっと、レシピが難しすぎるだけ」

「それをできないって言うんだよ」

かつて彼女に抱いていた完全無欠な才女というイメージは、もはや跡形もない。

「そういう響汰《きょうた》はできるのかしら」

「俺が想夜歌《そよか》のご飯を妥協《だきょう》するとでも?」

うちの両親が働きづめなのは、俺がまだ小さい時からだ。小学校に上がったころから、身の回りのことは全て自分でやってきた。

料理は練習したというより、覚えなくてはならない環境だったのだ。家事だって、今じゃ問題なくこなせる。

それに、想夜歌の笑顔のためならいくらでも頑張れる。

「お兄ちゃんのごはんおいしーよ」

「いいなー」

「ピーマンはおいしくない」

ピーマンも食べような……?

今度嫌いな子でも食べられるレシピを試してみるか。あまり苦みのないピーマンなんかも売ってるらしいし。

「郁《いく》、いいから帰るわよ。私に任せなさい」

「……むう」

郁がここまで嫌がるなんて、どれだけ美味《おい》しくないのか。逆に気になるな。

学年一位の秀才、実は料理下手。クラスに持ち帰ったら一大スクープである。

「郁が反抗期だわ……。お姉ちゃんを邪険にするなんて」

暁山《あきやま》がショックを受けている。

郁は彼女の手を優しく振り解《ほど》くと、俺に飛びついてきた。なにこの子あざとい。

「きょうた兄ちゃんのごはん、たべたい！」

「え？」

「だめ？」

キラキラした目が眩《まぶ》しい。

まさか想夜歌と一緒にいるための口実――じゃないな。うん。切実な目だ。どうしても姉の料理から逃れたいらしい。

俺としてはどうせ作るのだし、多少人数が増えても負担はそう変わらない。

「いいとおもう。お兄ちゃん、りょうりのてんさい」

腰に手を当てる想夜歌が、ドヤ顔で許可を出した。想夜歌は俺の料理が本当に大好きだな。作り甲斐《がい》がある。

「俺の飯を食べるってことはうちに来るってことになるけど……」

暁山と目が合う。彼女は視線を逸《そ》らして、指先で前髪を弄《もてあそ》んだ。

子どものためとはいえ、女子を気軽に招き入れるのは少々気まずい。

「姉ちゃん、いいでしょ？」

郁《いく》が暁山《あきやま》を見上げて、そう言った。

「それは、どうなの……？　その、迷惑じゃないかしら」

暁山も歯切れが悪い。

まあ、暁山からしたら大して仲良くない男の家に行くわけだし、そりゃ抵抗があるよな。

「そぉかのぬいぐるみ、みせてあげる！」

兄と姉の苦悩を他所《よそ》に、子どもたちはすっかりその気である。布地のレッスンバッグを手に、二人で歩きだしてしまった。

「まあ、郁が食べたいって言うなら」

「そう、ね。せっかくだしお邪魔《じゃま》させてもらうわ」

俺と暁山はぎこちなく、そう言い合った。

まあ考えてみれば、お友達を招待して親御さんも交えてみんなで食事をするなんて、幼稚園では普通のことじゃないか？

交流は大切だ。決して、子どもたちをダシに女の子を家に連れ込むわけではないのだ。誰に言い訳してるのかわからないけど。

聞くと、暁山の家は幼稚園を挟んだおおよそ反対側にあるらしい。逆方向にはなってしまうが、自転車なら大したことはない距離だ。

それぞれチャイルドシートに弟妹を乗せて、四人で移動した。

「お邪魔します」

「おじゃまします……」

「そぉかのおうちです！」

心なしか緊張した面持《おもも》ちの暁山は、家に上がるとリビングに荷物を置いてブレザーを脱ぎ、ブラウス姿になった。丁寧《ていねい》に畳《たた》んでスクールバッグの上に置く。郁の荷物とブレザーも同じようにした。

あの暁山澄《すみ》が俺の家にいて、ソファに座っている。見慣れたはずの我が家が、彼女がいるだけで違う場所のように思えた。

「洗面所とか、自由に使って大丈夫だから」

「ありがとう。立派なお家ね」

「あー、まあ建てた本人は海外にいるけどな」

俺と想夜《そよ》歌《か》が住む一戸建ては、そこそこ広い間取りだ。誰も世話をしないことがわかりきっているので庭に植木はなく、代わりにテラスがある。

二人で暮らすのにそれほどスペースはいらないから、俺と想夜歌はもっぱら一階部分しか使わない。二階は両親の部屋と物置だ。だから家が広いことをあまり誇る気にはなれなかった。家事が面倒なだけだ。

「お父様は海外にいらっしゃるの？　それともお母様も？」

「親父《おやじ》だけ。年に一回帰ってくればいいほうだな。母さんは毎日仕事でほとんど家にいない」

「それは……想夜歌《そよか》ちゃんは寂しいでしょうね」

「親父のことなんて、ほとんど覚えてないだろうな……。母さんは家事もロクにしないから、俺が親代わりだ。……すまん。いきなりする話じゃなかったな」

「いえ、大丈夫よ。……うちも似たようなものだし」

親父が最後に帰ってきたのは一年以上前なので、俺ですら記憶は曖昧《あいまい》だ。どんな顔してたっけ。

父親らしいことをしてもらった記憶はまったくない。

親父との会話で唯一覚えているのは『金ならいくらでも出してやるから好きに生きろ』と言われたことくらいだ。

「郁《いく》、手を洗うわよ。洗面所借りるわね」

「おう。あ、想夜歌は着替えないとな。真っ黒だ——っておい！　男の前で服を脱ぎだすんじゃない！」

そりゃ普段はリビングで着替えているが、今は郁がいるんだから。「なんで？」と小首を傾《かし》げる想夜歌とは違い、郁はちゃんと目を背けている。紳士だ。

「郁を誘惑《ゆうわく》するなんて、油断も隙《すき》もないわね」

幼児に対抗心を燃やしている姉バカは置いておいて、俺の部屋で想夜歌を着替えさせる。

パジャマだとラフすぎるので、もこもこのスウェットとパーカーだ。

きっちりした制服はもちろんキュートだが、ラフな部屋着も可愛《かわい》いな！

リビングに戻り、夕飯の準備を開始する。

うちはオープンキッチンで、調理中でもリビングが見える。壁から離れて独立した、いわゆるアイランドキッチンというやつだ。壁面には収納も多く、広くて使いやすい。子どもの様子も見ながら料理ができるから安心だ。

白を基調としたキッチンに、暁山《あきやま》と二人で立った。広さは十分あるのに、なんだか落ち着かない。

「暁山も作るのか？」

「あら、私が料理をできないみたいな言い方じゃない。私に苦手なことはないわ」

「ほんとかよ……はい、エプロン」

母さんが料理しないくせに買ってきたエプロンを渡した。

郁が心配そうにこちらを見ている。弟からの信用ゼロである。

暁山は制服の上からエプロンをさっと着けた。そして謎のどや顔。

エプロンがよく似合い、自信ありげな表情と相まって格好だけなら料理上手に見える。

リビングでは郁と想夜歌が仲良く遊び始めた。想夜歌お気に入りの人形を使った、おままごとだ。

「ねこちゃんは、わんわんのかのじょね！　でね、くまさんとねこちゃんがうわきしてるの」

「うわき……？」

「いくはわんわん。はい」

どんな設定だよ……。

やっぱ『恋するミニスカちゃん』は教育に悪いと思う。

浮気される側に任命された郁《いく》は、くまのぬいぐるみを手に必死に演じている。想夜歌《そよか》についてこられるかな？

「響汰《きょうた》、作るわよ」

やる気に満ちた表情で、暁山《あきやま》がガスコンロの前に立った。お前が「何に使うのかしら」とか言いながら持っているそれ、包丁のシャープナーだから使わないぞ。

「安直にカレーにするか。一気に作れるからな」

「カレーを作れるの？　す、すごいわね……」

「小学生の調理実習レベルだぞ」

開幕から雲行き不安だ。

大人数での食事は一気に作れる物に限る。食材はオーソドックスに豚肉、ジャガイモ、人参《にんじん》、玉ねぎ。後は甘口のカレールーだ。

冷蔵庫から食材を取り出す様子を、暁山は身を乗り出してまじまじと見つめる。

どこからかメモ帳を取り出して、顎《あご》でボールペンをノックした。真剣な顔でペンを走らせる。

俺は手を伸ばして、メモ帳を奪った。作業台の端に置く。

「はい、没収」

「ちょっと何するのよ」

「メモなんていらん。俺は別にプロでもなんでもないし、レシピも箱に書いてある通りだから。それより、手を動かしたほうが覚える」

料理に大事なのは慣れだ。

俺だって、最初からできたわけじゃない。小学生のころ、何度も失敗して学んだのだ。

もちろん勉強が必要な場面はある。だが、今の時代調べればレシピも作り方も出てくるからな。大事なのは、レシピ通りに手を動かす能力だ。料理研究家でもあるまいし、新しい料理を開発する必要はない。

「えっと、一応聞くけど、包丁は使えるか？」

「響汰に馬鹿にされるなんて屈辱《くつじょく》だわ……」

「悪い、そうだよな。決めつけるのはよくない。じゃあジャガイモを切ってもらえるか？

ピーラーは二段目の引き出しに入っているから」

彼女が料理をできないというのは、郁の言葉と本人の証言だけが根拠だ。まだ実際に見たわけじゃない。

「ええ、任せて。……何をすればいいのかしら？」

「何もわからないのにこんな堂々としてる奴初めて見た」

「無知の知ね」

完全無欠と言われる学年一位の才女が、まさか料理をできないなんてことは……。

「ピーラーね。知っているわよ。……皮を剝《む》く道具よね？」

「それくらいは自信あって欲しかった！」

暁山《あきやま》はピーラーを指先でちょんと摘《つ》まんで、上目遣いで問いかける。

美少女と一緒に料理をするという胸が高鳴るイベントなのに、気分は子守りである。ある意味目を離せない。

暁山は恐る恐るピーラーをジャガイモに当て、剝き始めた。しっかり向きを間違えて「切れないわ」と冷静に申告してくる。本当に大丈夫か？

なんとかコツを摑《つか》むと、丁寧《ていねい》にジャガイモを丸裸にしていく。

「ジャガイモの芽は包丁の角で……こうすれば取れるから」

「ソラニンね。子どもには特に危険な毒だから、きちんと取る必要があるわ」

「知識はあるのな……。っておい、そんなに大きく取らなくていいから」

勉強はできるのに、なんで料理はできないんだろう……。

しかし、一緒に料理を進めるにつれて、彼女が苦手な理由の一端は、短い間にも理解できた。なんというか、融通《ゆうずう》が利《き》かないのだ。多くの食材は生もので、ひとつひとつ形が違う。そのため臨機応変さが求められる。

ジャガイモの乱切りにしたって、ごつごつした形に合わせて切らないといけない。暁山は考えすぎて手際が悪いし、大きさもバラバラだ。

頑固《がんこ》というか融通が利かないというか……このペースだと日が暮れる。

「なあ、もっと早く……あ、それと子どもが食べやすいように小さめのほうがいいな。あと切ったジャガイモは水にさらして。これザルとボウルな」

「一度にたくさん言わないで。今私はジャガイモを切っているのよ」

全神経をジャガイモ一つに向けているらしい。遅ぇ。

でも……俺は勘違いしていたんだと思う。

暁山澄《すみ》を、何でもそつなくこなす天才だと思っていた。学校では隙《すき》のない姿を崩さないし、何かを失敗するところは見たことがない。でも、実際に関わってみれば意外とポンコツだし、どこにでもいる優しいお姉ちゃんだ。

彼女の完璧《かんぺき》な姿は、全て努力に裏付けされたものなんだと思う。

実は天才なんかじゃなくて、むしろ要領は悪いほうだ。思えば、彼女は授業中だけじゃなく休み時間も常に勉強しているじゃないか。

郁《いく》の面倒を見ながら成績を維持するのは、並大抵のことではない。いつも赤点ラインを反復横跳びしている俺だからよくわかる。

それでも弟のために、と苦手なことでもひたむきに頑張る姿は、非常に好ましく感じた。共感できるし、応援したくなる。

「ちゃんと教えてやるから、ゆっくりやってみろ」

「私にできないことはないわ。郁のお姉ちゃんだもの」

……理由になってないな。

俺は隣で玉ねぎを切り始めた。こういう時、広いキッチンで良かったと思う。

個人的な拘《こだわ》りだが、カレーの玉ねぎはみじん切りと角切りの二種類用意する。コクを出すためにペースト状の飴色《あめいろ》玉ねぎも欲しいが、玉ねぎの食感も残して食べている感も欲しいという、俺のわがままを実現するためのひと手間だ。

食材を切り終え、いよいよ火にかける段になった。あとは炒めて煮込むだけなのだが、隣の奴がうるさい。

「どうしてフライパンで炒めるのかしら。箱には鍋で炒めると書いてあるわ」

「フライパンのほうが炒めやすいし早い。コーティングでくっつきづらいし、焼き目入れたほうが美味《おい》しくなる」

メモ帳を片手に、熱心に質問してきたり。

「ふふ、玉ねぎが焦《こ》げてるわよ。そんなに茶色い玉ねぎ、見たことないわ。響汰《きょうた》も大したことないわね」

「これでいいんだよ」

飴色玉ねぎを見て馬鹿にしてきたり。

「郁が見てるわ。待ってて、今お姉ちゃんが美味しいカレーを作るから」

「作ってるのほとんど俺だけどな」

郁にドヤ顔で宣言したり。

相変わらず、弟が関わるとテンションが高い。口数が多いのは、郁に料理を作るという状況を楽しんでいるからなのかな。家事は母親がやっているらしいし、『カッコイイお姉ちゃん』をアピールするにはこの上ないチャンスだ。隣から俺の手元を覗《のぞ》き込んでいるだけだけど。

俺たちが料理している姿に興味を持ったのか、想夜歌《そよか》がおままごとを中断して、てくてく歩いてきた。

「お兄ちゃん、すみちゃんとけっこん？」

「ん？」

「すみちゃん、ママだ！」

想夜歌がカウンター越しに顔を覗かせて、そう言った。

「想夜歌ちゃん、私はあなたのママじゃ……」

暁山《あきやま》は否定しようとして、はっと口を噤《つぐ》んだ。気まずそうに眉を下げる。

我が家で料理をしている暁山と重ねたのは、自分の母親ではない。世間で一般的に言われる、母親像だ。

今の時代、必ずしも母親が料理をする時代ではないが、そもそも想夜歌《そよか》は両親に手料理を食べさせてもらった経験はほとんどない。

「すみちゃんがママになったらいいとおもう！」

だから、テレビなどで見る「ママ」に暁山を重ねているのだ。それを理解してしまって、胸がきゅっと締め付けられる。

「……やめとけ、こいつ料理できないから」

「できるわよ。ね、郁《いく》？」

「俺がパパでありママでもあるスーパーお兄ちゃんだ！」

そう茶化して、想夜歌を抱き上げる。

「よし想夜歌、手伝ってくれ。お姉ちゃんにお手本を見せてやるんだ」

ピンクのエプロンを掛けて、袖を捲《まく》ってあげる。コンロの前に踏み台を置いて、木べらを持たせた。

「まぜまぜ？」

「そうだ。鍋は熱いから気を付けろよ」

「まかしぇろ」

自信満々なところ悪いが、心配なのですぐ後ろについていつでもフォローできるよう身構える。手が滑って鍋をひっくり返しでもしたら大惨事だ。そんな軽くないから大丈夫だとは思うけど。

危険だからといって、遠ざけるのは俺の教育方針に合わない。想夜歌の好奇心は大事にしてあげたい。もちろん、本当にダメな時は止める。

「上手《うま》い上手い。もう少しだな」

「そぉか、てんさい？」

「天才すぎる」

上手すぎる！　想夜歌の手では危なくて鍋の底までは届かないけど、十分だ。将来は料理人になれるかもしれない。うちの妹が多才すぎる。

「むう……」

ご機嫌で鍋をかき混ぜる想夜歌を、手持ち無沙汰《ぶさた》にしていた郁が不満そうに見上げる。小走りで暁山に駆け寄り、腰に抱き着いた。想夜歌は気にしていないというか、カレーに夢中で気づいていない。

郁はキッズスマホの一件でもそうだったが、姉と同じで見栄っ張りだ。普段は引っ込み思案であまり騒ぐタイプではない。でも自分の中に一本芯が通っていて、意思がはっきりしている。

ほんと、そっくりな姉弟だ。

「んー？　いくもやるー？」

「うん、や──やらない！」

そして、相変わらず面倒な性格をしている。

郁《いく》は想夜歌《そよか》の差し出した木べらを受け取ろうとして、慌てて身を引いた。女の子から譲《ゆず》ってもらうのは違うよな。わかるぞ。

ふん、とそっぽを向いているけど、ちらちらと想夜歌を見て手を所在なさげに動かしている。抱き着かれている暁山《あきやま》は、困ったように笑って頭を撫《な》でた。

微笑《ほほえ》ましく見ていると、暁山から睨《にら》まれた。

「どこ見てニヤついているの？　家に連れ込まれた辺りから怪しいと思っていたのよ」

「別にお前の脚は見てねぇよ……」

暁山が郁を盾にして、その後ろに隠れた。濡《ぬ》れ衣《ぎぬ》だ！

「はぁ……それで、郁でもできること何かあるかしら？」

「じゃあルーを入れてもらおうかな」

「わかったわ。はい、郁。これを割って入れるのよ。できる？」

むしろあなたはできるんですか？

想夜歌を踏み台から降ろして、火を消した。

子どもたちがいると、夕飯を作るだけでひと騒ぎだ。この言い方だと俺と暁山の子どもみたいだけど、妹と弟である。

想夜歌に代わって作業台に立った郁は、姉と一緒にカレールーを入れた。弾《はじ》けるような笑顔が眩《まぶ》しい。想夜歌に「お〜」と拍手されてご満悦だ。

「ちゃんとあいじょーいれた？　いっぱいいいれた？」

「あいじょ？」

「お兄ちゃんはまいにちいれてるよ！　ぐうぉーって」

そこ、家庭内の恥ずかしい姿を暴露《ばくろ》するのはやめなさい。想夜歌への愛は溢《あふ》れてるから、意識しなくても勝手に入っちゃうのだ。

ルーを入れたら、あとは弱火で溶かしながら少し煮込めば完成だ。小皿で一口味見する。うん、美味《うま》い。でも俺は辛《から》いほうが好きだな。

四人分盛り付けてテーブルに並べる。いつもは片側しか使わないテーブルだから対面に誰かがいるのは新鮮だ。それがクラスメイトの美少女なのだから、人生何があるかわからない。

いただきます、と言うが早いか、想夜歌と郁がカレーをスプーンで掬《すく》いあげ、一気に口に突っ込んだ。

「おいしい！　姉ちゃんとはちがう！」

カチャ、と暁山の手元からスプーンが皿に当たる音がした。郁よ、隣からプレッシャーを感じないのか……？　すごい胆力だ。

「郁《いく》、私も手伝ったのよ」

「きょうた兄ちゃん、ありがとー！」

よしよし、郁はよくわかってるな。口に合ったようで良かった。

お姉ちゃんが不服そうだから、帰って怒られないように気を付けてな。どちらかと言えば俺が報復されそうだけど。

想夜歌《そよか》も「うまうま」と無心でカレーを食べている。

「……まあまあね」

「美味《うま》いか？」

「美味《おい》しいわ……悔しいけれど」

暁山《あきやま》が眉間《みけん》に皺《しわ》を寄せて、小さく呟《つぶや》く。カレーを食べる手は止まらない。

「あー、まあお前も練習すればできるようになると思うぞ、たぶん」

「ええ、当然ね。すぐに追い抜くわよ」

「負けず嫌いというか完璧《かんぺき》主義というか」

郁のために完璧でカッコイイお姉ちゃんでありたいという彼女。

学校で見るクールで高嶺《たかね》の花な暁山澄《すみ》よりも、よほど好感の持てる一面だ。奇妙な縁だよなーとしみじみ思いながら、カレーを完食した。

その後、二人でさっと洗い物を済ませて、暁山姉弟は帰宅した。

七章　うちの弟は世界一可愛い。

The Love Comedy Which Nurtured With a Mom Friend.

私の弟は世界一可愛《かわい》い。

今ごろは幼稚園でお歌でも歌っているのかしら。あまりの美声に女の子たちが失神しないといいけれど……。郁《いく》と同じ組の男の子は不憫《ふびん》ね。女の子は全員、郁のことを好きになってしまうもの。

郁は優しいから、男の子たちの人気もあるでしょうけどね。

弟のことを思いながら、机でお弁当を開く。ええ、もちろん母が作ったお弁当よ。自分の分と一緒に作るとはいえ、忙しい朝に用意してくれるのは感謝だ。私も今度挑戦してみようかしら。

「ねえねえ、昨日のミニスカちゃん見た？」

「見た見た！　まさかスラックスさんとも不倫してるなんてねぇ」

「タンクトップ君にも頑張って欲しいよね」

背後で、クラスの女の子たちが楽しそうに話している。対して、私は一人だ。

高校生になってから、友達と一緒に食事をしたことはない。話しかけてくれる子はいたし、今だって好意的に見てくれる人もいる。でも、どうしても上手《うま》く話せないのだ。人前で笑うことができなくなった。中学一年生の、あの日から。

だから、友達と呼べる人は一人もいない。無愛想《ぶあいそう》で、気の利《き》いたことなんて一つも言えないのだから当然だ。

でも大丈夫。私には郁がいる。郁の前では素直になれる。私の心は、郁がいるだけで満たされるのだ。

だから、私は郁に何か返さないといけない。貰《もら》ってばっかりの私が唯一できることは、せめて素敵な姉でいること。誰が見ても完璧《かんぺき》で、隙《すき》のない女性でいないと。

一人でもなんでもないような顔をして、気丈な態度を取り続ける。私はお姉ちゃんだから、くよくよなんてしていられない。笑えないのなら、笑わなくていい。クールで知的、そういう印象を与えられる。

カッコイイお姉ちゃんになる。それがあの人との約束だから。

お弁当を一人で食べるのも、別におかしくなんてない。だって私は、馴《な》れ合わないタイプだから。

今日はほうれん草がやけに苦い。

そういえば、つい先日クラスメイトと食事をしたわね。それも、短期間で二回。

甘いカレーの香りとともにフラッシュバックする。

「聞いてくれよ瑞貴《みずき》」

「想夜歌《そよか》ちゃんがどうしたの？」

「俺がいつ想夜歌の話だと言った？　でな、想夜歌が昨日替え歌を歌っていてな、それが可愛《かわい》くて可愛くて」

「響汰《きょうた》の話題は九割九分想夜歌ちゃんのことだからね……」

能天気な声が聞こえてきて、柄にもなくイラっとする。

昏本《くれもと》響汰。今年からクラスメイトになった彼は、今日も妹の自慢をしている。ええ、たしかに想夜歌ちゃんは可愛くていい子だわ。でも、郁《いく》のほうが百倍、いえ千倍可愛いわね。加えてカッコよくもあるのだから、奇跡と呼ぶのが相応《ふさわ》しい。

今すぐ郁の写真を携えて訂正しに行きたいところだけれど、目を細めて響汰を睨《にら》むだけに留《とど》める。郁のことを学校で話す気はない。

郁のことを明かして、もっと自然体でいたほうがいいと、響汰に言われた。彼の前で隙《すき》を見せてしまったのは不覚だった。ちょっと郁の前で気が抜けただけで、普段も決して無理をしているわけではない。

睨み続けていると、響汰と目が合った。勝ち誇ったような顔をされたので、今日のお迎えの時に郁の可愛さを教え込むことに決めた。

「ん？　暁山《あきやま》ちゃん今こっち見てなかった？」

「気のせいじゃないか？」

「いや、間違いなく俺を見てたね。ついに惚《ほ》れたかな？」

「セリフだけならよくある男の勘違いなのに、お前が言うと本当っぽく聞こえるのムカつくな」

響汰には私との関係や郁について内緒《ないしょ》にしてもらっているから、学校で会話することはない。でも、学校の外では結構話している。それはもう、去年までは考えられないくらい。

響汰とは友達……なのかしら。

「いえ、違う。郁と想夜歌ちゃんのためよ」

ふいに漏《も》れた呟《つぶや》きをかき消すためにご飯を掻《か》きこむ。ちょっとむせた。

お姉ちゃんとお兄ちゃんの仲が悪かったら二人も気まずいでしょうから、響汰と話すのは必要なことなのよ。幼稚園では子ども同士の関係だけじゃなく、親同士の付き合いも大事だと聞いたことがある。

私たちのせいで郁に気を遣わせるわけにはいかない。響汰だって、想夜歌ちゃんのために私と友好なフリをしているだけに決まっている。

まあ、響汰が子育てで困ったことがあったら似た境遇の仲間として助けてあげてもいいけれど。どうしてもと言うのなら、ね。

昼休みの一時間は、私にとってすごく長い。食べ終えたお弁当を片付けると、手持ち無沙汰《ぶさた》になった。教科書を取り出して、次の試験範囲を復習する。

郁の進学費用のためにも、私は国公立大学を目指しているから勉強は欠かせない。

雑念を追い払って、勉強に集中する。

「想夜歌《そよか》がモテすぎて困る……迎えに行くと毎日同じ男の子と遊んでるんだぜ？　想夜歌に言い寄る男には、やっぱ兄としてはガツンと言ったほうがいいよな？」

「幼稚園児の恋愛なんて可愛《かわい》いものでしょ」

「俺の想夜歌に男ができるなんて許せん」

それって郁《いく》の話かしら？　聞き捨てならないわね。

まったく、響汰《きょうた》は家事が得意なこと以外は本当にダメね。特に目が悪いわ。想夜歌ちゃんが郁に言い寄っているのよ。これもしっかり言っておかないと。

そういえばもうすぐゴールデンウィークね。最近は学校と幼稚園で忙しかったけれど、久々に郁とゆっくり過ごせそう。

響汰は何か予定が……って、気にする理由は何もないのだけれど。

八章　ゴールデンウィークは妹のために存在する。

The Love Comedy Which Nurtured With a Mom Friend

ゴールデンウィークは国が想夜歌《そよか》のために作った休日だ。

想夜歌はゴールデン、つまり金の卵であり国の宝であり、黄金のように輝く笑顔と瞳を持っている。一説によると、四月終わりから五月頭までの一週間は全国民が想夜歌を讃《たた》えるために休みになるらしい（俺調べ）。

この間は学校も幼稚園も休みだ。瑞貴《みずき》はほとんど部活だそうだが、帰宅部である俺には関係ない。

いや、想夜歌と過ごすのは実質部活動なのでは？　どうも、想夜歌部の部長です。

「お兄ちゃん」

「部長と呼びなさい」

「ぶちょ？」

おっと、勢い余って変なことを言ってしまった。

ソファに腰かける俺の膝《ひざ》に、想夜歌がぐでーんとうつ伏せに倒れこんだ。想夜歌の肘《ひじ》が太ももに刺さってめちゃくちゃ痛いが、想夜歌を強く感じられるという意味ではむしろプラスである。

自然と体勢を変えてくれるのを、やせ我慢しつつ待つ。

一秒、二秒……。

「やっぱ痛いわ！」

両わきを持ち上げて、想夜歌を膝に座らせる。きょとんとする想夜歌の頭を撫《な》でてやると、くすぐったそうに笑った。

「きょう、ようちえんおやすみ？」

足をばたつかせて俺の脛《すね》にダメージを与えながら、想夜歌が首を後ろに倒して、器用に顔を向けてくる。逆さまの想夜歌と目が合う。これが上目遣いってやつか。たぶん違うな。

「休みだぞ。ゴールデンウィークだからな」

「あしたも？」

「ああ」

「すごい……！　じゃあ、あしたのあしたは？」

「休みだよ。その次も、さらにその次もだ」

「おやすみ、いっぱい」

間に一日だけある平日も幼稚園は休みなので、実に七連休である。ちなみに、うちの高校も何か理由をつけて休みになっていた。たしか振替休日か何かだったと思う。

幼稚園に通い始めて一か月ほど。毎日楽しく通っていたけど、慣れない環境ということもあって疲れやストレスが溜《た》まっている可能性がある。これを機に、ゆっくり休もう。

「なにより、想夜歌《そよか》と過ごす時間が減って寂しかったんだ！　この七日間は片時も離れないぞ！」

ぎゅーっと強くバックハグをする。小さい身体《からだ》は温かくて、抱き心地がいい。

丸々一週間も想夜歌と過ごせるとか、ゴールデンウィーク最高では？　一生ゴールデンウィークがいい。

連休中でも、母親は当然のように仕事だ。ゴールデンウィークくらい休めばいいのに、今日も起きたらいなかった。

「そぉかは、ねるのがすき」

「おふとんがすき」

「突然の宣言」

「お昼寝するか！　休みだからな！」

「するー！」

まだ朝飯を食べたばかりだというのに、さっそくお昼寝を決行することにした。

想夜歌に自分の部屋はなく、いつも俺と一緒に寝ている。部屋は余ってるけど、俺が寂しいので想夜歌が小学生……いや、中学生になるまでは同じ部屋の予定だ。中学生でも早いかもしれない。

ベッドは想夜歌が落ちると危ないので、低いすのこベッドだ。

「おふとぅんがそぉかをよんでる」

「今取り込むから待ってろ。干したばかりだからほかほかだぞ」

テラスに出て、軽く叩《たた》いてから布団を取り込む。

春の陽気で干した直後に潜り込む……なんて贅沢《ぜいたく》！　これぞ休日！

敷布団を広げ、想夜歌がせっせと枕をセットした。まず俺が寝転がり、掛け布団を被《かぶ》る。

想夜歌にとって、敷かれた布団に俺が入った状態が完成形だ。想夜歌は俺の左側からいそいそと布団を捲《まく》り、足を投げ出した。

枕の辺りを手で触り、少し怒った口調で「お兄ちゃん、て！」と要求してくる。

「はいはい」

可愛《かわい》すぎる……。口角が溶けてなくなりそうなくらい緩む。想夜歌は、俺が左腕を真横に伸ばしたのを確認して、これでよろしいとばかりに満足げに微笑《ほほえ》んだ。

わざわざ腕枕を要求してくる姿が可愛くて、これを見たいがために最初は腕を出さない。

想夜歌は俺の腕に頭を乗せて、もぞもぞと動いた。やがてベストポジションが見つかったのか、身体の力を抜く。

「お兄ちゃんまくらはさいこう」

「今日は延長戦だ。もってくれよ、俺の肩！」

肩が壊れてもいい。俺は想夜歌《そよか》のために、全力を尽くすのみだ。エースピッチャーの気持ちを味わいながら、想夜歌が眠るのを待った。

「そぉか、きょうはおやすみ」

「そうだな」

「ずっとおやすみはやだ」

「幼稚園にも行きたいか？」

「うん……いきたい……たのし……」

想夜歌は話している間にうつらうつらとし始め、次第に寝息を立て始めた。直前までしゃべっていたから口が開いている。

俺もこのまま想夜歌と夢の世界に旅立ちたいところだが、そうもいかない。休日でも家事はあるのだ。むしろ、休日だからこそ溜《た》まった家事を片付けるチャンスである。

せっかく七日もあるんだし、普段やらないような場所も掃除をするか。お風呂のカビはこの前綺麗《きれい》にしたばかりだし、今日はシンクかな。

「すぅー……すぅー……いく……」

おい、何勝手に想夜歌の夢に出てきてんだ！

衝動的に起こそうとして、なんとか思い直した。想夜歌の安眠を妨《さまた》げるわけにはいかない。代わりに想夜歌の頭に手をかざし、俺が夢に登場するよう念を送った。

「よっ……と。ごめんな、想夜歌」

聞こえない程度に囁《ささや》いて、想夜歌の頭を持ち上げる。起こさないよう慎重に腕を引き抜いた。代わりに、同じような高さのクッションを置く。このために百均で買ってきたアイテムである。さながら変わり身の術。

「ああ、想夜歌がいる布団が恋しい……」

しくしくと涙を流しながら部屋から出る。

掃除機をかけるのは騒音で想夜歌が起きるから後だな。まずは昨晩干した洗濯物を畳《たた》んで、昼食の用意をして、シンクを磨いて……。

頭の中で予定を組み立てながら、淡々と家事をこなしていく。小学生低学年からやっているので慣れたものだ。今では想夜歌の可愛《かわい》い顔リストを脳内で再生しながらでも、余裕で作業できるほどである。

想夜歌は一度寝たら一時間は起きてこない。起きている間は一緒に遊びたいから、なるべく多くの家事を終えたい。今の俺はスーパー家政夫。目にも留まらぬ速度で部屋中を飛び回った。

二時間後。

干したての布団が気持ち良かったのか、ぐっすり寝ていた想夜歌が起きてきた。予想よりも遥《はる》かに家事が進んだので、俺としても大満足である。

「お兄ちゃんがきえた」

「おはよう、想夜歌《そよか》」

「しゅんかんいどう?」

結構最初のほうからいなかったぞ。

想夜歌が目を擦《こす》りながら、部屋から出てくる。カーペットに座ってソファに背中を預けた。

「ねむねむ」

大きく口を開けて欠伸《あくび》をした。

想夜歌が三度寝を始めようとした時、どこからか着信を知らせる音楽が鳴り響いた。猫の鳴き声を模した着信音……想夜歌のキッズスマホだ。

「すまぽ!」

がばっ、と覚醒《かくせい》した想夜歌が、テーブルまで走ってスマホを取った。文字が読めなくても、操作の順番さえ覚えれば通話はできる。キッズスマホはイラストなどで直感的にわかるようになっているのだ。

想夜歌は人差し指で画面中央をスワイプして、耳に当てた。

「もしもー?」

ん? 待てよ。

想夜歌の番号を知っている人なんて、俺を除いたら……。

「いく！　おはよう」

暁山《あきやま》姉弟しかいないよな？　母さんは今仕事だし、想夜歌に電話を掛けられるのは必然的に二人だけになる。

俺と想夜歌の時間を邪魔《じゃま》するなんて、なんて悪い男なんだ。

想夜歌が郁《いく》と楽しそうに話していると、俺のスマホも通知音を鳴らした。暁山だ。こちらは電話ではなくメッセージのようだ。

『郁が想夜歌ちゃんと遊びたいそうなの』

青空の写真を切り取っただけのアイコンから、そう吹き出しが伸びていた。それを確認して、想夜歌の会話に耳を傾ける。

「そぉか、きょうはおやすみ。あしたもおやすみ！　いいでしょー」

想夜歌よ、郁も同じだぞ。

すっかり眠気は醒《さ》めたようだ。あいにく、相手の声は聞こえない。くっ、男と電話するためにスマホを買い与えたわけではないのに！

『ちょっと。郁と電話でイチャイチャしないでちょうだい』

『そっちから掛けてきたんだろうが。ていうか、電話長くないか？』

『恥ずかしくて誘えないみたいね。さっきから困った顔で私を見ているわ。なんて愛らしいのかしら。応援したい気持ちもあるけれど、複雑ね』

メッセージでも早口だな……。

『ちなみに、こっちは今日空いてるけど』

『うちも大丈夫よ。ゴールデンウィーク中ずっと家にいるのも、健康に悪いもの。想夜歌《そよか》ちゃんが遊んでくれたらありがたいわね』

『まあ二人が遊びたいなら、どっか行くか』

弟妹の会話をよそに、保護者二人で話を進める。

ただゴールデンウィークはどこ行っても混んでるんだよな。子ども連れで午後から遊べるような場所、となると、それほど選択肢は多くない。

「お兄ちゃん、いくがあそびたいって！」

「想夜歌も遊びたいか？」

「うん！」

郁《いく》はようやく誘えたらしい。

たっぷり寝たから想夜歌は元気だ。家事も一段落ついたところだし、暁山《あきやま》に集合場所と時間を送信する。

一時間後。家で昼食を済ませてから、最寄り駅に集合した。最近は日差しも強くなってきたので、日焼け止めはしっかり塗った。

「暁山は……まだ来てないみたいだな」

想夜歌はお気に入りのスカートを穿《は》いて、小さなリュックを背負っている。首から下げたキッズスマホと一緒に、うきうきで身体《からだ》を左右に揺らした。

「そぉか、おでかけすき」

この辺は住宅街が多いから、昼間でも結構な人がいるな。これが通勤通学の時間だと満員電車に揉《も》まれることになる。自転車通学で良かった。

電車に乗って出かけることは珍しいので、想夜歌はずっとそわそわしている。大人にはなんてことのない風景でも、子どもにとっては新鮮で、面白いものだ。ポスターを指差しては「これなにー？」と尋ねてくるので、ざっくりと教える。

想夜歌と二人なら待ち時間も苦にならないな。むしろ、ずっと二人でもいいぞ！

「そよかちゃん」

映画のポスターを見ながら想夜歌と話していると、背後から郁の声がした。

「待たせたわね」

「いや、全然待ってな――」

振り返り、暁山の姿を目にした瞬間、言葉が詰まった。

「なに？」

頭にはてなを浮かべる暁山は、当たり前だが私服姿だった。

彼女の私服を見たのは初めてではない。入園式は随分《ずいぶん》と気合いが入っていたし、キッズスマホを買った時はラフなパーカー姿だった。だが、今日はなんというか、まるでデートのような格好だった。

黒のオフショルダーにハイウェストのデニムという装《よそお》いで、足元は白のスニーカー、肩にはミニバッグをかけている。暁山《あきやま》らしくないカジュアルな雰囲気《ふんいき》なのに、元の大人っぽさと妙にマッチしていて色気がある。

「すみちゃんかわゆい」

「ありがとう。……はっ、まさかまずは私に取り入るつもりかしら。なんて策士なの……郁《いく》は渡さないわ」

「お兄ちゃんみたい。へんなことゆってる」

想夜歌《そよか》は呆《あき》れ顔で言った。

「そよかちゃんのふくも、かわいいよ」

「あいとー！」

郁がはにかみながら、想夜歌の服装を褒《ほ》める。褒められた想夜歌は、弾《はじ》けるような笑顔を見せた。

「おい、さりげなく想夜歌にアプローチするんじゃない」

「お兄ちゃんもへんなことゆってる」

想夜歌は純粋だからわからないんだ。男は狼だからな！　郁もきっと、想夜歌を褒めて落とそうとしているに違いない。

「まあ、なんだ。そろそろ行くか」

暁山をちらりと見て、そう言った。

「ええ、そうね」

普段は制服の下に隠されている肩と鎖骨は、見てはいけないもののような気がして、妙に緊張する。ガードの堅い暁山だと、より一層そう感じた。

「見すぎじゃないかしら」

「……すまん。見慣れない服だったからびっくりして」

「あら、素直ね」

暁山が余裕な表情で髪を払うから、少し悔しい。別に見惚《みと》れていたわけではないことは、断固として伝えたい。

「ところで、そのシャツ、前だけズボンに入ってるぞ」

ついでに気になっていたことを教えてあげる。想夜歌もよくやるからわかるぞ。中途半端に引っ掛かってインしてしまうことあるよな。気づいているのに見ないふりをするのも申し訳ない。

暁山はきょとんと何度か瞬《またた》いた。一拍遅れて意味を理解したのか、みるみるうちに目からハイライトが消えていく。なぜだ。さっきまで機嫌が良さそうだったのに。

無言のまま、弟妹の手を取った。

「郁《いく》、想夜歌《そよか》ちゃん。こんな男は置いて、早く行くわよ」

「姉ちゃん、こわい」

「お兄ちゃんはだめだめ……」

想夜歌が呆《あき》れ顔で俺を見た。そんな！　親切心で教えてあげただけなのに。

やっぱ直接言うのではなくて遠回しに伝えたほうが良かったということか？　それとも、まさかわざと前だけ入れているとか……。その証拠に、暁山《あきやま》は服を直そうとしない。

女の子のオシャレはわからないな。

「想夜歌、待ってくれ！　見捨てないで！」

「やだー、すみちゃんとあそぶの！」

「お兄ちゃんはいらないってこと!?」

いたずらっぽく想夜歌が笑って、暁山の手に抱き着いた。

俺は人目も憚《はばか》らず、その場で崩れ落ちる。想夜歌にフラれたら生きていけない……っ。

「きょうた兄ちゃん、がんばれっ」

「郁……っ」

幼稚園児に励まされる高校生という異様な光景が発生した。ぐっと拳《こぶし》を握りしめる郁に元気をもらって立ち上がる。

電車に乗り、まずは横浜駅《よこはま》で乗り換える。目的地はみなとみらいだ。

移動時間は一時間弱。まあ、観光地といっても商業施設ばかりなので特別感はあまりないのだが。

みなとみらいに着くと、駅直通の大型商業施設に入り、エスカレーターに乗る。慣れない都会の空気に、想夜歌と郁はそわそわきょろきょろ。俺にとっても滅多《めった》に来ない場所なので少し緊張する。

栄えているのはごく一部で、横浜市のほとんどは田舎と住宅街だからな……。

「まだー？　あとどのくらい？」

「えっと、五階だから……もうすぐだな」

お目当ては、動物と触れ合える屋内パークだ。

比較的子ども向けの施設なので、子ども連れのご家族がたくさん並んでいた。ゴールデンウィークということもあってかなりの混雑だ。

二十分ほど待ち、入場料を支払ってチケットをもらう。

「みて、そぉかのちけっと、とりさん！　いくは？」

「ぼくはリスだ」

「おお～、かわゆい」

入場すると、通路は自然を模した壁やオブジェクトが並び、一気に異次元に迷い込んだようである。さらに、コーナーごとに仕切られた部屋の中には生きた動物がいるというのだから驚きだ。動物園と呼ぶには小規模だが、室内ならではの展示も多い。

「ぞうさん！」

「……さすがにゾウは置物だよな」

「そぉか、ぞうさんたおす」

想夜歌《そよか》のテンションがさっそく上がっているので、連れてきてよかった。もちろん、想夜歌の可愛《かわい》さは余すことなく写真に収める。今日も忙しくなりそうだ。

隣をちらりと見ると、暁山《あきやま》も同じようにスマホを構えていた。目を合わせ、二人で通じ合う。そうだな、ここは協力すべきだ。

「想夜歌！　あそこに動物の顔出しパネルがあるぞ！」

「響汰《きょうた》にしては良い案ね。郁《いく》、想夜歌ちゃんと一緒にあそこで写真を撮りましょう？」

共謀した俺たちによって、二人は顔出しパネルに連行された。想夜歌はフクロウの、郁はゴリラのパネルの後ろに立ち顔を出す。

「想夜歌、可愛いぞ！　なんてことだ、想夜歌は動物になっても可愛いのか……。そのまま待ってくれ、あと五枚」

「あきた」

想夜歌からは何か面白いものが見えるわけではないから、楽しくないか。郁は何を考えているのかわからない顔で、ぼーっと立っている。ゴリラの身体《からだ》に妙に似合っている。

つまらなそうに出てきた想夜歌は、俺のスマホを覗《のぞ》き込んで写真を確認すると「すごい！」と手を叩《たた》いた。

「お兄ちゃんとすみちゃんもやって！」

「え？　いや、俺はいいよ」

「そぉか、かめらする」

想夜歌がキッズスマホを持って意気込んだ。

「いく、かめらおしえて」

「うん、いいよ」

すっかりやる気の想夜歌に強くは言えず、暁山の顔色を窺《うかが》う。いや、でもあれ子ども用だし……。

はぁ、と軽く息を吐いて目を閉じた暁山は、何も言わず歩きだした。

「まあ、そうだよな。暁山がこんなのやるわけないし……」

「何を言っているの？　やるわよ、響汰」

「へ？」

「私、フクロウ好きなの」

冗談なのか本気なのか。凜《りん》とした声でそう言い放った暁山《あきやま》は、真っ先に背後に回り、パネルから顔を出した。リアルなフクロウのイラストと、彼女の端整な顔立ちはミスマッチで、笑える。

思わずぷっと噴き出すと、眉根を寄せた暁山が「早くしなさい」と言い放った。顔だけの状態で怒るとさらに滑稽《こっけい》だ。また笑うと今度こそ本気で怒られそうなので、彼女の隣に立ち、俺も同様に顔を出した。暁山に負けず劣らずおかしな見た目になっているだろう。パネルが小さく顎《あご》が出ないので、なおさらだ。

「お兄ちゃんがごりらになった」

きゃっきゃっと想夜歌《そよか》はシャッターを押しまくる。いつも撮られる側だから、カメラを向けるのが楽しいようだ。

「お兄ちゃん、ごりらのまねして！」

「無茶ぶりがすぎる！」

「すみちゃんも、とりさんのまね」

「……ほーほー」

え、やるの？

すぐ隣にいるのに、パネルに顔を嵌《は》めた状態では彼女の表情は窺《うかが》い知れない。無言の圧力を感じるので俺も何かしたい。……ゴリラのモノマネって動きがメインだから、顔だけじゃ無理じゃない？

散々写真を撮って満足した想夜歌を連れて、動物のエリアに入る。

定番はもちろん、カピバラやミーアキャットなど、あまり見ないレアな動物もいる。中には、触れ合える動物もいるみたいだ。

「お兄ちゃん、みて。あのこ、ねむそう」

「ミーアキャットだな。……朝の想夜歌そっくりだ」

「みーあ？　そぉかとおなじ？」

人間のように腰かけて、横木に背中を預けている。その顔はぼーっとしていて、気力を感じない。寝起きでソファに沈む想夜歌に似ている。

「ねむいときは、ねる。それがそぉか」

ミーアキャットに対して、謎の宣言をしている。

ミーアキャットは触れないので、少し眺めると想夜歌はすぐに移動した。想夜歌は興味が惹《ひ》かれる方向に吸い寄せられるように動き回るので、目を離せない。

「あるまじろだ」

郁《いく》が声を弾ませてゲージに張り付いた。想夜歌も隣に並ぶ。

「触って良いみたいだぞ」

「さわる……！」

暁山《あきやま》に腰を押さえられた郁《いく》が、恐る恐る手を伸ばす。背中をペタペタと何度か触る。アルマジロのほうは、慣れているのか微動だにしない。

ちなみに、想夜歌《そよか》はあまり興味なさそうだ。アルマジロ、結構面白い見た目してると思うんだけどな。

「郁、アルマジロが好きなの？」

「うん……！」

「そう。なら、もっと触っていいわよ」

暁山はさっきから動物なんて見てないな……。控えめにはしゃぐ郁を、微笑《ほほえ》みながら見守っている。

カピバラやリクガメ、イグアナ……不思議なラインナップの動物たちはどれも大人しいので、触ることができた。

想夜歌のお気に入りはイグアナだ。ひょうきんな顔つきを気に入ったらしい。「とかげ」「かめ」「かぴかぴ」と、名前を呼びながら次々と頭を撫《な》でる。

触って良いか確認する前に手を伸ばすので、ひやひやする。恐れ知らずだ。

「ああ想夜歌、なんて可愛《かわい》いんだ！　写真を撮るからゆっくり触ってくれ。そう、それでこっちを見て！」

「公共の場で騒がないでもらえるかしら……」

そういう暁山も、さっきからシャッター音が止まらないぞ。

「暁山は触らないのか?」

「……動物は私が嫌いなのよ」

「いや逆……ってわけでもなさそうだな」

暁山と目が合ったミーアキャットが、ぎょっとして檻《おり》の端まで逃げた。さっきまでぼーっとしていたのに……。これが野生の本能か。

「顔が怖すぎるんだよ。ほら、郁だと思って」

「郁は人間よ」

「そういう話じゃねえ」

郁の前では自然に笑っているくせに、なんでこう不器用なのか。

「すみちゃん、はい」

「ん、どうしたの想夜歌ちゃ……」

想夜歌が連れてきた動物を見て、暁山が絶句した。ついでに、凍り付いたように身体《からだ》の動きが止まる。

想夜歌は首にかけたヘビを、暁山に向けていた。カーペットパイソンという、安全な種類らしい。まあ、俺は想夜歌が係の人から受け取ったところを見ていたから知ってたけど。

全長は想夜歌どころか俺の身長にも届きそうな、大きなヘビだ。触れ合えるくらいだから危険はないのだろうけど、暁山《あきやま》はフリーズしたまま動かない。

「へび、かわゆい」

「そ、そうかしら……？」

「すみちゃんもさわる？」

「わ、私は遠慮しておくわ。いえ、怖いわけではないのよ？」

想夜歌《そよか》は爬虫類《はちゆうるい》が好きなのかもしれない。これは知らなかったことだ。俺の想夜歌事典に追加しておかなければ。

純粋な瞳で暁山にヘビを勧める想夜歌は、今度は俺に渡してきた。大人になると偏見や固定観念が邪魔《じやま》をする。たしかに、近くで見ると結構可愛《かわい》い顔をしているな。

試しに肩にかけてみると、ずっしりとした重さの割りに大人しく、すべすべとした手触りは気持ちよかった。

続いて、鳥類が展示されているエリアに入った。余裕を取り戻した暁山は「鳥は好きよ」と言いながらインコを手に乗せていた。

「いきなさい、あの男を攻撃するのよ」

「あれ？　もしかして俺に何か恨みでもある？」

「郁《いく》をたぶらかした罪よ」

暁山の視線をものともせず、郁は俺の手を引っ張った。

「きょうた兄ちゃん、あれはなに？」

「あれはミミズクっていう、フクロウだな。でかくてカッコイイだろ」

「かっこいい……！」

うんうん、男の子はやっぱりカッコイイのが好きだよな。郁が目を輝かせて聞いてくれるので、うんちくにも熱が入る。男同士、動物の話で盛り上がる。

暁山の視線がどんどん険しくなっていく。

「許さないわ。いい？　あの男の頭に乗ってフンを落とすのよ」

「絶妙な嫌がらせ！　知的でクールな設定はどこにいったんだ」

嫉妬《しっと》の炎に包まれていらっしゃる。

心なしか、インコが彼女に従うように、俺に狙いを定めている気がする。

とはいえ、傍《はた》から見たらクールビューティーな少女がインコやフクロウと戯《たわむ》れている光景には違いなく、そのどこか幻想的な様子に「うわ、すっごい美人」「モデル？　なんかの取材とかかな？　カメラどこ？」などという呟《つぶや》きが俺の耳に何度も届く。本人はまるで気にしていない。

改めて、彼女が規格外の美少女であることを認識する。

「そぉかも、とりさんのせて？」

「いいわよ。手を出して」

暁山がしゃがみこんで、想夜歌にインコを渡す。インコは完全に暁山に服従しているようで、即座に想夜歌《そよか》の手に乗った。野生のプライドはどこへ行った！

想夜歌と暁山《あきやま》がインコの受け渡しをしている姿が微笑《ほほえ》ましいので、当然写真に収める。

二人が仲良くなっているのは、俺としても嬉《うれ》しい。もともと想夜歌は人見知りをするタイプではなく、大人のお姉ちゃんに懐《なつ》いていた。でも、暁山は微妙に距離を測りかねている感じがあったからな。

「そぉか、きめた。へびをもってかえる」

「そういうお店じゃないよ!?」

ふれあいコーナーを一通り回ったところで、想夜歌が宣言した。やめてくれ、母さんが卒倒する。

屋内パークなので、広さはそれほどない。午後から子ども連れで来るには丁度いいな。あまり広すぎても疲れちゃうし。

動物園との大きな違いは、動物を見るだけではないところだ。

次に入ったシアタールームでは、３Ｄメガネを掛けて迫力のある映像を楽しむことができるようだ。風や揺れで触覚も再現されている、いわゆる４Ｄってやつだな。

「ごりら、やばば」

「予想と違ったな……」

野生のマウンテンゴリラを撮影した映像で、目の前まで迫ってくる様は恐ろしかった。もっとほのぼのしたやつを想像してたんだけど。

ゴリラ……なんておっかない動物なんだ……。

他にもシアタールームや展示などいくつか施設があったが、弟妹が楽しめそうなものはなさそうだ。時間も遅くなってきたので、今日は帰ることにした。

最後に、ショップでお土産を漁《あさ》る。想夜歌は真っ先にヘビのぬいぐるみを発見した。

「むう、なんかへん」

「変？」

「へび、こんなふわふわじゃない」

そりゃあ、ぬいぐるみだからなぁ。

こういうショップって、施設内にいない動物のグッズも普通に売ってるよな。ライオンもペンギンもいなかっただろ。

「こっちする！」

「こんなリアルなの売ってるのか」

「へびへび」

ゴムでできたヘビのフィギュアだ。全長三十センチくらいあって、意外とリアルな作りをしている。想夜歌が欲しいならいいけど、人によっては苦手そうなアイテムだ。

ついでに、想夜歌が好きそうなお菓子を見繕《みつくろ》っておく。動物が象《かたど》られたクッキーやチョコレートなど、見た目も楽しいお菓子だ。

ふと見ると、暁山《あきやま》はフクロウのぬいぐるみをじっと見つめていた。心なしか、少し口元が緩んでいる。俺の視線に気づくと、はっとして戻す。

「細部まできちんと作られているか確認していただけよ」

「微妙に言い訳になっていないような……？」

郁《いく》は、棚に並ぶぬいぐるみたちをちらちら見ながら手に取ろうとはしない。この姉弟、似すぎだろ。

仕方ないので、アルマジロとフクロウのぬいぐるみキーホルダーを取ってカゴに入れる。数百円の小さいやつだ。

「いらないわ」

それを見た暁山が、即座に言った。

「誰がお前に買うと言った？　あ、郁には買ってやるからな」

「いいの？」

おうおう、郁は素直だな。

このくらい買ってあげるくらいの甲斐性《かいしょう》はあるさ。まあ、親父《おやじ》の金だけど！

苦虫を噛《か》み潰《つぶ》したような暁山を放置して、さくっとレジを済ませる。俺はこういうグッズに興味ないので、お菓子だけ買っておいた。

別々に袋にいれてもらったので、その片方を暁山に渡す。

「ほい」

「……お金払うわ」

「いいって。また想夜歌《そよか》と遊んでくれ」

想夜歌はヘビのフィギュアを首に巻いてご満悦だ。本当にそれでいいの……？

暁山は袋からフクロウのキーホルダーを取って、顔の前で揺らした。

嬉《うれ》しそうに、ふっと笑った。そしてそのまま、俺のほうを見る。

「ありがとう。大事にするわね」

「お、おう。郁のついでだけどな」

真っすぐ向けられた穏やかな表情に思わずたじろいで、首の後ろを掻《か》いた。いつも仏頂面《ぶっちょうづら》のくせに、不意打ちすんのやめろ。

暁山宅は母親が家で夕飯を用意しているらしいので、そのまま帰宅した。

九章　妹の看病はちょっとおかしい。

The Love Comedy Which Nurtured With a Mom Friend

ゴールデンウィークが明けると、春の浮ついた雰囲気《ふんいき》もすっかり落ち着き、夏までの距離が一気に縮まる。ていうかもう暑い。

さて、俺は高校生らしく勉学に励むとしよう。

今は数学の授業中。うちわ代わりにパタパタと扇《あお》いでいたノートを開いて、黒板を見る。

……やべ、さっぱりわかんねぇ。数学は今年も赤点祭り確定だなこりゃ。

紙面を躍る謎の数列から逃避するため、想夜歌《そよか》のことを考える。おお、網膜の裏で想夜歌が笑っているぞ。

中学生の俺に言いたい。受験はあまり無理をせず、身の程に合った高校を選ぶように、と。

でもこの高校が一番、幼稚園の送り迎えをしやすい場所にあるんだよな。程よく近く自転車で通いやすい上、雨の日には幼稚園近くのバス停から一本で来られる。幼稚園のことを考えると最適な高校なのだ。

待てよ？　ということは、一年留年すれば想夜歌が卒園するまで高校生でいられるんじゃないか？　……赤点も悪くないな。

「昏本《くれもと》君？　目を閉じていても理解できるなんて、ずいぶん成長したね。よーし、じゃあこの問題を答えてもらおうかな」

「先生、目を開けてもわかりません！」

どっとクラスメイトが笑った。男ばっかりだけど。

数学教師であり担任の雉村《きじむら》先生は、呆《あき》れたように肩をすくめて授業を続行する。

春の陽気は睡魔《すいま》という名の悪魔の大好物だ。午後の授業ともなると、抗《あらが》いがたい強さになる。が、もしここで眠りでもしたらいよいよ留年が確定するので何とか耐える。

じっと座ったまま一言も話してはいけないのに、飲食も禁止とか、寝るなというほうが無理があるのでは？　脳内想夜歌の応援がなかったら耐えられないぞ。

雉村先生の話し方はなんだかほわほわしていて、緊張感がない。瑞貴《みずき》は可愛《かわい》い可愛いといつも言っているが、たしか今年で二十八歳だ。彼から言わせれば一番良い年齢らしいけど、俺にはわからん。

授業がまったく頭に入って来ないので、雉村先生のパンツスーツ姿を眺めることで時間を潰《つぶ》すことにする。むちむちの身体《からだ》と合わさって、非常に眼福です。

すると突然、教室に着信音が鳴り響いた。

「ちょっと、授業中はマナーモードにして——」

すかさず先生が叱責《しっせき》を飛ばす。しかし、その声は尻すぼみになって止まった。先生がある一点を見つめて絶句している。釣られて、俺も視線を向けた。

「はい、暁山《あきやま》です。はい。はい。……えっ？」

授業中に堂々と通話していたのは、暁山だった。

優秀な成績を誇り、普段の授業態度も良好な彼女の暴挙に、雉村《きじむら》先生も言葉を失っている。

あまりにも堂々としているから、俺の常識が間違っているのかと不安になる。クラス中がにわかにざわついた。

はきはきとした暁山の声が、次第に低くなっていく。

「わかりました。すぐ行きます」

暁山が焦《あせ》った様子で通話を終了した。

「あ、暁山さん？　さすがに授業中に通話はどうかと思うよ……？」

「先生」

「ううん、わかってくれるならいいんだよ、ぜんぜん」

「早退します」

「へ？」

先生の返事も聞かず、暁山は立ち上がった。片付ける時間も惜しいのか、机の上はそのままでカバンだけひったくると、颯爽《さっそう》と後ろのドアから出て行った。あまりに鮮やかな早退に、みんな呆気に取られている。

教室の時間が一瞬停止したかのようだった。数秒後、ようやく我に返った雉村先生がふらふらと教卓にもたれかかる。

「うう、暁山さんが不良になっちゃったよ……」

「さすが暁山さん、我が道を行く」

「何かあったのかな？　電話来てたし」

「身内が倒れたとか？」

雛村先生の嘆きを皮切りに、クラスメイトから様々な憶測が飛び交った。

暁山が取り乱すなんて、十中八九、郁《いく》が関係していると思う。

授業中にも拘《かか》わらず電話に出たのは、掛けてきたのが幼稚園だったからか。番号は登録しているし、俺でも迷わず出ると思う。

幼稚園で郁に何か問題が起きたとすれば……暁山が飛び出していったのも頷《うなず》ける。

机の下で暁山にメッセージを送る。

『郁に何かあったのか？』

郁が心配だ。子どもはまだ注意力が足りないから、ふとした出来事が大けがに繋《つな》がる可能性がある。想夜歌《そよか》も、よく周りを見ずに走りだすからヒヤッとしたのは一度や二度じゃない。

あるいは病気か。いずれにせよ、あの慌てよう。何かあったのは間違いない。

釈然《しやくぜん》としない表情で授業を再開する雛村先生の声を聞き流しながら、スマホを何度も確認したが、暁山から授業中に返信が来ることはなかった。

授業が終わり、昼休みが訪れても、俺のスマホは沈黙したままだ。何度か連続でメッセージを送ったけど、既読も付かない。

落ち着かないまま午後の授業が終わり、あとはHRを残すのみというタイミングで、ようやくスマホの画面が光った。

『郁《いく》が風邪を引きました。どうしよう』

メッセージアプリの通知だ。

たかが風邪と侮ってはいけない。子どものうちは免疫力が弱く、感染症にかかりやすいのだ。身体《からだ》も弱いので、大事に至る可能性もある。

「瑞貴《みずき》！　俺、早退するからキジちゃんに言っておいてくれ」

「あれ、俺の知らないうちに早退ブームでも始まった？」

瑞貴には悪いが、相手している場合じゃない。

困った時は助け合いだ。暁山《あきやま》は有能に見えてポンコツだからな。

俺は終業を待たずして、学校を飛び出した。道中で暁山に返信する。

『病院は行ったのか？　容態は？』

ほどなくしてメッセージが返ってきた。

『熱があります。今病院を出たところです。薬を飲んで安静にしていれば大丈夫だそうです』

『それはよかった。何か手伝うことはあるか？』

『迷惑をかけるわけにはいきません』

小児科が開いていてよかった。医者に見てもらったのなら間違いはないと思う。俺の心配は、暁山が看病をできるのか、ということだ。

本人は大丈夫と言っているが……看病の大変さは身に染みて知っている。想夜歌《そよか》が風邪を引いた時、何度助けが欲しいと思ったか。助けてくれる相手がいなかったあの時とは違う。暁山には俺がいる。

「行ってやるか」

端的に『住所を教えろ』と送信して、まずは想夜歌を迎えに幼稚園へ向かう。

ただのクラスメイトだったはずだ。誰もが憧れる美少女と、男同士でつるんでいるだけの俺。まるで接点のない俺たちは、弟妹を通じて仲良くなった。

そう、仲良くなったのだ。だから、放っておけない。友達だから。

……友達という表現にはちょっと引っ掛かる。俺たちの関係は、そんなありきたりなものではないように思う。あえて的確な表現を探すとすれば。

「ママ友、だな！」

口に出してみると、妙にしっくりきた。

返信はまだ来ない。それでも、俺はスピードを緩めることなく自転車を飛ばした。

幼稚園に着くと、想夜歌が一人で座り込んでいた。心配して駆け寄ると「いくがおねつになっちゃった」とか細い声で言った。

「いく、しんぱい」

「郁《いく》は大丈夫だ。お兄ちゃんに任せろ」

あいつ、想夜歌《そよか》に心配されるなんてずるいぞ！　早く元気にならなきゃ許さねぇ。

通知音が鳴る。

暁山《あきやま》から固辞する文面とともに、一応とばかりに添えられた住所を確認する。聞いていた通りすぐ近くだ。断られても行くさ。

道中、スーパーに立ち寄って必要なものを購入する。

幼稚園を挟んで俺の家の反対側に位置する住宅街を、地図アプリを頼りに走る。

俺が住む地区は新築が多い新興住宅地だが、こちらは広い庭を持つ古い世代の住宅が多いようだった。きちんと手入れされた庭を持つ立派な家が立ち並ぶ。道もくねくねと入り組んでおり、複雑だ。

暁山の家は六部屋ほどの古い集合住宅で、静かな袋小路の奥にあった。路肩に自転車を停め階段を上がる。角部屋だ。

正直、想像していたものと違った。勝手なイメージだけど、暁山姉弟の育ちの良さそうな雰《ふん》囲気《いき》からして、大きな家に住んでいるものと思い込んでいたのだ。

それでも、表札の記載は間違いなく彼女の苗字《みょうじ》だ。

『はい……。暁山です』

インターホンを押すと、すぐに暁山が出た。

「様子を見に来た」

ブツッ、とスピーカーが切れた。

これは門前払いか？　半ば強引に来てしまったから、迷惑だったかもしれない。

いや、拒否しつつも住所を伝えてきたのは、助けを求めていたからのはずだ。俺の思い込みかもしれないけど。

扉の前で立ち尽くしていると、ドアノブが回った。

「響汰《きようた》！　郁がっ」

勢いよく開かれたドアから、暁山が飛び出してきた。足がもつれて倒れ込みそうになる暁山の肩を両手で受け止める。着替える余裕もなかったのか、制服姿のままだ。ネクタイは外され、ブラウスの裾が出ている。

上気した頬《ほお》と目じりに光る水滴。どうしよう、というメッセージを思い出す。相当思いつめているな、これは。この様子じゃ、逆に郁から心配されるレベルじゃないか？

「暁山、落ち着け。とりあえず入るぞ」

「あ……いえ、大丈夫。響汰はいらないわ」

「取り繕《つくろ》うのがおせぇよ……」

不安げに見上げている想夜歌《そよか》の手を引いて、暁山《あきやま》の家にお邪魔《じゃま》する。少しの抵抗を見せた暁山だったが、すぐに俺たちを通した。

家に入ると、アロマのような爽《さわ》やかな香りが漂ってくる。最初に目に入ったのは綺麗《きれい》に整頓《せいとん》されたキッチンだ。シンクが一点の曇りもなく光を反射しており、手入れが行き届いていることがよくわかる。

想夜歌が俺の靴も一緒に揃《そろ》えてくれたので、お礼を言って頭を撫《な》でる。

「今日、親御さんは？」

「少し遅くなると言っていたわ。一応、郁《いく》のことは伝えたのだけれど」

ということは、俺が来なかったらしばらく郁と二人きりだったわけだ。

もちろん暁山一人でも看病はできたのだろうけど、心配だから見舞いくらいさせてほしい。それに、一人だと心細いだろうからな。

「いく、だいじょぶ？」

「想夜歌ちゃん……ええ、今は落ち着いているわ」

幼稚園でぐったりする郁を見ている想夜歌は、俺のスラックスをぎゅっと握って心配そうだ。

「あのね、おねつのときは、ねんねだよ」

うんうん、想夜歌は熱あるのに元気に動き回るタイプだけどな。それで突然電池が切れたように倒れこむ。

暁山の家は、見たところ2LKか2LDKくらいか。

暁山が戸を引き、リビングに入っていく。

オシャレなリビングだ。温かみのある色合いの家具とテーブルに飾られた花瓶、壁に掛けられた絵画など、各所に拘《こだわ》りが見える。古いアパートのようだったが、決して高級ではない調度品でここまでオシャレにできるのか。

殺風景な我が家とは大違いだ。俺も母さんも、インテリアとか興味ないからな……。

「郁はこっちよ」

リビングを抜けて、奥の扉に案内される。隣の襖《ふすま》に目をやると「そっちは母の部屋だから」と言われた。どちらも廊下はなく、リビングと繋《つな》がっている。襖の奥は和室だろうか。

郁は暁山の部屋で寝ているようだ。

勢いで家に押しかけてしまったけど、暁山の部屋に入っていいのだろうか。

一応、ここは女子の家なわけで……それを意識してしまった途端、手にじんわりと汗が滲《にじ》んだ。

「今は薬を飲んで寝ているわ。このまま熱が下がってくれればいいのだけれど……」

暁山のかぼそい声を聞いて、煩悩《ぼんのう》を追い出す。

「こっちよ。……私、どうしたらいいかわからなくて」

暁山に促されて、彼女の部屋に入る。

部屋に敷かれた布団で、郁《いく》が眠っていた。想夜歌《そよか》が隣に座りこみ、顔を覗《のぞ》き込む。

六畳ほどの部屋に学習机と本棚、いくつかのクリアボックスが並ぶ。ラックに女性ものの服が数着掛かっていて、慌てて視線を逸《そ》らした。

いかにも几帳面《きちょうめん》な暁山《あきやま》らしい、綺麗《きれい》な部屋だ。

「お医者さんは寝ていれば大丈夫だと……響汰《きょうた》？」

「あいや、うん。そうだな。そう心配はいらないと思うぞ。熱は何度だった？」

「三十八度よ」

結構高い。そりゃ心配になるわけだ。

冷却シートを張って寝苦しそうにうめく郁を見やる。この状態で俺にできることは少ないが、起きた時に何か食べられるようにしておきたいな。

「キッチン借りていいか？」

「私が作るわ」

「お前……郁に追い打ちをかける気か？」

冗談を言ったら冷たい目で睨《にら》まれた。そうそれだよ。弱気な姿なんて似合わない。

「せっかく来てもらったけれど、看病するのは私の役目よ。響汰には譲《ゆず》らないわ」

「……じゃあ道具がどこにあるのか教えてくれ」

勝手にキッチンを漁《あさ》るわけにはいかないし。

「想夜歌は……」

「いくはまかしぇろ」

「……余計なことはするなよ。静かに、遠くから見守っているんだ。郁が起きちゃうからな。それに、風邪がうつったら大変だ」

「はーい」

想夜歌に言い聞かせ、暁山とキッチンに移動する。

道中で買ってきた食材を、スーパーの袋から取り出す。シンクと二口コンロだけの簡易的なキッチンで、作業台は狭い。シンクに蓋《ふた》をするように掛けられた網状の水切りラックが作業台の役目を果たしていた。

「風邪といえばお粥《かゆ》よね。……ご飯に水を入れればいいのかしら？」

「郁、お前は俺が守るからな」

改めて決意を固める。

来てよかった……。

「まあお粥でもいいんだけど、食欲があるかわからないからなぁ」

買ってきたのはリンゴだ。リンゴは水分が多く、糖分も取れるので風邪の時には重宝する。

「おろし金あるか？」

「あるわ。なにに使うの？」

「リンゴをすりおろすんだよ」

すりおろしリンゴは食欲がなくても食べやすいので、郁《いく》が起きた時のために作っておきたい。風邪で味覚が曖昧《あいまい》になっても、甘みはある程度わかるから子どもも食べてくれる。

おろし金と包丁、まな板を暁山《あきやま》から借りる。

「リンゴの皮は剝《む》けるわよ。調理実習でやったもの」

横から見ていた暁山が口を挟んだ。

「……まじ?」

「何よその目……私が成績を落とすわけないじゃない。練習したわ」

犠牲になったであろうリンゴたちのことを思うと涙が出る。

暁山が包丁を持っているだけで緊張する。彼女はリンゴを先に八等分のくし形切りにして、一つずつ皮を剝いた。どや顔で渡されたそれを、俺がすりおろす。

「これが私の実力よ」

「もっと皮を薄く剝けるようになってから言ってくれ」

リンゴに集中している間は、暁山も気が紛れるようだった。

時折、郁のほうを心配そうに見ながら、暁山はリンゴの皮を剝いていく。

そして、すりおろしリンゴが盛られた器が二つできた。それぞれにラップをして冷蔵庫に入れる。

「二個分あれば十分かな。起きたら少しずつ食べさせてやれ。他にも色々買っておいたから冷蔵庫入れとくな」

リンゴとバナナ、缶詰の桃、ブドウ。見事にフルーツだらけだ。

ちなみにレトルトのお粥《かゆ》もあるので、お腹が空いても安全だ。間違えた、安心だ。

「郁、大丈夫かしら」

「心配すんな……っていうのは難しいかもしれないけど、気負いすぎてお前まで倒れたら元も子もないぞ」

「そうよね。でも、このまま目覚めないいんじゃないかって……」

「大丈夫、子どもは熱を出しやすいんだ」

かくいう俺も、想夜歌《そよか》が高熱で倒れた時はめっちゃオロオロしたけどな！

自分の家族となると、冷静には見られないもんだ。

でも、それだけなのだろうか？

顔面蒼白《そうはく》で唇を震わせる彼女を見ると、どうも尋常な様子ではないように思う。

「郁まで失ったら、私はもう──っ」

「……どういうことだ？」

「私には郁しかいないのに……」

郁がいるところでは、あくまで表情を崩さなかった暁山。しかし、それももう限界。すりおろしリンゴを作り終えたところで、張りつめていた緊張がついに決壊した。

暁山澄《あきやまますみ》という少女は、実はすごく弱い子なんじゃないか。俺は今にも泣きだしそうな彼女を見て、漠然とそう思った。

「暁山、郁《いく》はすぐ元気になる。その時にお姉ちゃんが憔悴《しょうすい》していたら、郁はきっと悲しむ。あいつは気遣いができる子だから、自分のせいだと思うかもしれない。今度は郁が責任を感じるぞ？　郁のためにクールなお姉ちゃんになるんだろ？」

「……わかってるわよ」

「ほら、郁の近くにいてやれよ」

ちょっと責めるような言い方になってしまったかもしれない。女の子が落ち込んでいる時にかける気の利《き》いた台詞《せりふ》なんて、俺には思いつかない。

ただ、同じ幼稚園児を預かる高校生として、必要なことは言える。今の暁山に必要なのは慰《なぐさ》めじゃなくて、行動の指針を与えることだと思う。自信はそんなにないけど。

暁山の手を取って、立ち上がらせる。

ふらふらと覚束《おぼつか》ない足取りでリビングを歩く暁山を連れて、部屋に戻った。

「いく、よしよし」

「んー……」

「おねつはね、ちゅーするとなおるんだよ！　お兄ちゃんがゆってた！　うし、ちゅー……」

お取込み中だった。

「い、郁が私以外の女と……」

「想夜歌《そよか》ぁああ！」

たしかに、俺は想夜歌が弱っているのを良い事にスキンシップしまくるけど！　いつもと違って逃げないからチャンスだと思ってるけど！

郁に覆いかぶさっている想夜歌を、慌てて引きはがす。俺の両手に摑《つか》まれて宙ぶらりんになった想夜歌が手足を振って抵抗する。

「やだ！　いくをげんきにするの！」

「ある意味元気になるかもしれないけど、ダメだ！」

「なんで？　そぉか、いつもちゅーでおねつなおってるよ？」

「いいか想夜歌、よく聞け。実は、お兄ちゃんのちゅーじゃないと意味がないんだ」

想夜歌が口をあんぐりと開けて「そうなの!?」と言った。

「実はな、お兄ちゃんはちゅーでお熱を治せる超能力者なんだ」

「ちょーのーりょく……」

「想夜歌がやっても意味はない。だから、他の人にちゅーしちゃダメだ」

俺は、何を真面目な顔で言っているのだろう？

これは想夜歌の純心を守るための大切な教えなのだ……。そう言い聞かせて、暁山を見る。

鬼の形相で郁《いく》の唇を確認していた彼女は、俺を見て小さく頷《うなず》いた。

「未遂よ」

「良かった……」

「泥棒猫と二人きりにするなんて、私としたことが……。いくら郁の寝顔が王子様だからといっても寝込みを襲うなんて、ありえないわ」

「おい、想夜歌《そよか》の優しさを汚《けが》すな」

ちょっと手段を間違えちゃっただけだ！

想夜歌は郁に元気になって欲しかったのだ。とても優しい。さすが想夜歌！

でも、あと一歩遅かったら手遅れになるところだった。間一髪、想夜歌の唇を守ったぞ……。

郁を守るように正座して身を伏せる暁山《あきやま》と顔を見合わせて、ほっと息を吐く。そして、どちらからともなくふっと笑った。

慌てすぎてさっきまでの暗い空気が消し飛んだわ。

「お兄ちゃん、いく、げんきにして？」

「ん？　ああ、すりおろしリンゴを作ったぞ」

「りんご！　そぉかもたべる！」

ぱぁっと花を咲かせる。

「うちにも買って帰るか」

「やったっ！　……じゃなくて！」

想夜歌は頭をぶんぶん振った。

「ちゅーするの！」

「ちゅー？」

「お兄ちゃんのちょーのーりょく」

あ、と思わず声が漏《も》れる。

咄嗟《とっさ》の言い訳で、俺がキスで病気を治せる超能力者ってことにしたんだった……。

想夜歌の中では、俺が郁にキスをすれば風邪が治るってことになる。

仕方ない。ややこしくなってきたので、軽くフリだけするか。

お兄ちゃんの唇は想夜歌だけのものなんだけど……。

「お兄ちゃんに任せろ」

「ダメよ！」

姉に止められた。

「こほん、想夜歌ちゃん？　実は私にも超能力があるのよ」

「すみちゃんも！　すごい！　じゃあ、すみちゃんがちゅーする？」

「え、ええ。私がするわ」

「やったー！」

これどういう展開?

引くに引けなくなって、暁山《あきやま》がごくりと喉を鳴らした。郁《いく》をちらりと見て、目を泳がせる。ちょっと危ない人みたいだ。

髪を片方耳に掛け顔を傾けた。郁の枕元に片手を突くことで体重を支える。緊張した面持《おもも》ちで、ゆっくりと、顔を近づけた。

桃色の唇のわずかな隙間《すきま》から吐息が漏《も》れる。

えっと、姉弟の可愛《かわい》らしいスキンシップなんだよね……?

子どもに見せても大丈夫な光景なのかな。本人は目をキラキラさせて見入っているけど。

暁山の横顔は色気を帯びていて、下を向いた長いまつ毛が目元を強調する。

異様な空気だ。呼吸を忘れて見入る。

なんだか変な気分になってくる。見ちゃいけないと思いながらも、目を離せない。

暁山の唇が、郁に迫る。あと数ミリで接触する。その時……。

「んっ……。姉ちゃん……?」

郁が声を漏らした。

暁山は飛び跳ねるように郁から離れて立ち上がる。なるほど、素晴らしい運動神経だ、と謎の感動を覚えた。

「あれ? いま姉ちゃんがちかくにいた?」

「い、いないわ。ええ。遠くよ」

暁山が頰《ほお》をうっすら赤く染めて、鋭い眼光で俺を刺した。

「何見ているの？」

キスをする時の横顔が、網膜にくっきりと残っている。

顔が熱い。意識しないほうが難しいだろ、あんなの……。暁山が美少女だということを、改めて実感させられた。

「郁が起きてよかったな！　とにかく水分は取ったほうがいいぞ。リンゴは食べられる分だけでいいから少しずつ食べるように。お腹空いていたらレトルトのお粥《かゆ》があるからそれで。あと、タオルで身体《からだ》を拭《ふ》いてやってな！　想夜歌《そよか》。帰るぞ」

一息で言い切って、想夜歌の手を取る。

「えー、ちゅーは？」

「想夜歌、その言葉はしばらく使用禁止だ」

荷物とともにドタバタと部屋を出て、玄関に向かう。

首元の脈動が、心臓の鼓動を大げさに伝えてくる。早く帰ろう。

想夜歌に靴をしっかり履《は》かせて、ドアノブに手を掛けた。

「響汰《きょうた》！」

ドタバタという足音とともに、俺を呼び止める声がする。振り返ると、暁山が小走りで駆け寄ってきた。頬《ほお》が少し上気している。

「響汰《きょうた》、来てくれてありがとう」

「ああ。まだ油断するなよ。ちゃんと見ててやれ」

「わ、わかってるわよ」

少し上気した頬が色っぽくて、俺は逃げるようにアパートを去った。


郁《いく》が風邪を引いた一件から数日が経《た》った。

郁はその後、翌日の朝には熱が下がったそうだ。郁が大事を取って一日休んだことで、暁山《あきやま》も学校に来なかったので後から聞いた話だ。

優等生の暁山が突然早退したというニュースは、一時クラスメイトの話題をかっさらった。俺は事情を知っているからともかく、授業中に突然早退するのは衝撃的だし噂《うわさ》にもなるだろう。

暁山は理由を話さず、誰も聞かないので真相は闇の中だ。

追従したようにHRをすっぽかした俺は何度か聞かれたが、想夜歌《そよか》に呼ばれた、とか言ってテキトウに誤魔化《ごまか》した。皆はすぐさま納得した。日ごろの行いだな。

俺は想夜歌に呼ばれたらどこにいようが駆けつけるぞ！

ああ、学校なんて来ないでずっと幼稚園で遊ぶ想夜歌を見ていたい……。でもニートなお兄ちゃんなんて嫌われそうだから、こうしてしっかり授業を受けている。

昼休みの始まりを告げるチャイムと同時に、俺はブレザーを脱ぎ捨てた。

「あち～」

自販機で買ったペットボトルのミルクティーを流し込む。甘ったるいミルクと砂糖の味が舌を包んだ。この雑な甘さが美味《おい》しいんだよな。水分が指先まで浸透したような感覚とともに、体温が少し下がった。

まだ五月だというのに、日差しは照りつけ気温は二十五度にも達している。

ブレザーを背もたれに掛けて、ネクタイを緩めた。机に突っ伏して、ノートをうちわ代わりにパタパタと扇《あお》ぐ。

夏服への移行期間はまだか？　先生によっては寛容だが、原則授業中は正装をしないといけない。くっ、変なところで厳しくしやがって。先生はクールビズと言いながらラフな格好をしているのに。

日によってはむしろ寒い日もある、一番微妙な時期だ。想夜歌が体調を崩さないように気を付けないと。

「昏本《くれもと》君」

ふいに、視界に太ももが飛び込んできた。

いやたまたま見ていた先に立たれただけであって……と内心で言い訳しながら顔を上げる。

そこにいたのは無表情の暁山だった。

「暁山？　どうした？」

教室で話しかけてくるなんて、もしかしてまた郁に何かあったのか？

暁山の纏う空気は他人行儀で、親しみの欠片もない。凜とした立ち姿の彼女が、すっと手を差し出した。

「進路希望調査、あなただけ出していないでしょう？　雉村《きじむら》先生に回収するよう言われたわ」

「あっ、悪い。家に忘れた」

学級委員長としての雑用……もとい仕事だったか。

高校二年生にもなると、卒業後の進路を本格的に決めなくてはならない。進路希望調査の提出を求められているのだが、俺はまだ出していなかった。

「そう。早く出してちょうだい」

クールモードの暁山は有無を言わさぬ迫力があるな！

想夜歌《そよか》や郁が関わる時はよく話すけど、あくまで子どもたちのため。学校では他人だ。用がなければ話すこともない。

彼女は相変わらず誰とも関わろうとしない。けれど、男子生徒からはそれがミステリアスで素敵だと何もしなくても評価が上がっていた。

悪く言えば孤立している。彼女はそれを気にした様子はない。

「暁山ちゃん、ちょっといいかな」

立ち去ろうとする暁山を、瑞貴《みずき》が呼び止めた。

「今度クラスで懇親会をやろうと思ってるんだけど、暁山ちゃんもどう？　来週の月曜日か火曜日あたりの放課後で企画してるんだよね」

二人が話し始めると、周囲から視線が集まる。美男美女で目立つからな。二人とも学級委員だし、何かと注目の的だ。

「遠慮しておくわ」

「そっか、テスト前だもんね。でも部活が休みになるから皆集まりやすいんだ。それ以外だと、運動部組が来られなさそうだし、ゴールデンウィークも集まれなかったからね。クラスで交友を深めるチャンスなんだ」

「ごめんなさい、することがあるの」

暁山が淡々と答える。

テスト前の一週間は部活が休みになるが、だからといって真面目に勉強する奴はそう多くない。俺も参加する予定だ。

まあ、暁山が断るのは予想通りだ。

俺は想夜歌も連れて参加するつもりだが、暁山が郁を連れてくるとは思えないし。それでなくても、彼女が放課後に友達と遊ぶ姿なんて想像できない。

「うーん、俺は暁山ちゃんとも仲良くなりたかったんだけど、仕方ないね。後からでも参加はできるから、都合がついたらいつでも言ってね」

瑞貴《みずき》はあっさりと引き下がった。一応全員に声をかけているようだが、参加しない者も多い。テスト期間でも練習がある運動部もあるし、勉強に集中したい生徒や特に理由はないけど行きたくない人もいる。まあ、個人の自由なのでしつこく誘う理由はない。

暁山《あきやま》は軽く会釈《えしゃく》して、話は終わりとばかりに立ち去ろうとした。しかし、別の方向から声が飛んでくる。

「ちょっと、せっかく瑞貴が企画してくれたのに、付き合い悪くないかな？」

ずかずかと瑞貴の隣に歩み寄ったのは、ほのかに香水の香りを漂わせる少女だ。

柊《ひいらぎ》ひかる。

クラスのアイドルのような存在の美少女だ。

ぱっちり二重の大きな瞳と、どこかあどけなさを覚える顔立ちは、一目で『可愛《かわい》い』という感想を抱かせる。淡い色のボブカットが元気さを象徴しているようだ。

女子テニス部に所属し、運動神経は抜群。スポーツ女子よろしく、痩《や》せているのに必要なところにはしっかり付いている理想的なプロポーションが、彼女の魅力をさらに引き立てていた。見た目の愛らしさもさることながら、いつも明るく、誰にでも分け隔《へだ》てなく優しい性格も人気の要因だ。もしかして俺のこと好き？　と男たちに思わせること請け合いである。

もっとも、今は少々ご機嫌斜めのようだが……。

「暁山さんは委員長なんだから、協力したほうがいいと思うよ？　瑞貴ばっかり頑張ってるじゃん」

柊は非難しながら、瑞貴をちらりと見た。

柊も瑞貴狙いか？　モテる男は大変だな。そういえば去年も、違うクラスなのに瑞貴に会いに来ていた気がする。部活もお互いテニス部で、接点も多いのだろう。

女子からのアピールなんて慣れっこの瑞貴は、余裕の笑みを湛《たた》えて二人のやり取りを眺める。

「そうね。でも、放課後は本当にすることがあって、難しいの。学校内で何かできることがあれば、その時に尽力させてもらうわ」

「一日も空けられないの？　懇親会だって、瑞貴が副委員長として提案してくれたのに、自分は関係ないって無視するんだ」

ぴりり、と空気が凍りつく。

柊がニコニコ笑顔はそのままに、目元だけ細めた。対する暁山はあくまで毅然《きぜん》とした態度を取り続ける。

高嶺《たかね》の花として羨望《せんぼう》の眼差《まなざ》しを向けられる暁山と、みんなのアイドルとして親しまれている柊。人気を二分するような二人は、ある意味対極の存在なのかもしれない。

一触即発の雰囲気《ふんいき》だ。……俺ここにいなきゃだめ？

あと「ついに頂上決戦か。ここも危ないかもな」「この戦いの行方によって、世界情勢が大きく左右されることになる……！」「負けたほうは俺がもらう」とか囁《ささや》いているアホ共、あとで抹殺されても知らないぞ。

俺は関係ないので、こっそり腰を浮かせて避難しようとする。お昼は違うところで食べようかな……。

「くれもっちゃんもそう思うでしょ？」

「なんで俺に話振った⁉」

だが、俺の脱出は柊《ひいらぎ》に阻止された。

柊はきょとんと瞬《またた》いたあと、再び暁山《あきやま》に向き直った。タイミングを逸した俺は、すごすごと座り直す。

瑞貴《みずき》が俺を見てニヤニヤしてる。こいつ、絶対気づいていて楽しんでいる。隣で必死にアピールしている柊にも、瑞貴の本性を教えてやりたい。

「一回くらい来てくれてもいいじゃん。私も、暁山さんと仲良くなりたいし。せっかく瑞貴が誘ってくれてるのに」

「ごめんなさい、勉強もしなくてはいけないから」

「なにそれー。私たちが勉強してないって言いたいんだ？　自分が学年一位だからってさ」

「そういうつもりじゃ……」

二人は決して声を荒らげているわけではない。暁山は平坦だし、柊はゆったりとした優しい口調だ。だというのに、謎の緊迫感がある。

女子って怖い……。

「暁山さんさ、こんなこと言いたくないけど、本当に感じ悪いよ？」

諭《さと》すような口調。でもその中には、確かに棘《とげ》が混じっている。

柊ひかるという少女は、俺の知る限り誰かを敵視するようなタイプではない。誰とでも分け隔《へだ》てなく接するので、男女問わず友達が多い奴だ。派手なメンバーとつるんでいることも多いが、反対に地味な子とも趣味の話で盛り上がれる。

しかし、暁山とはどうも馬が合わないようだった。

「まあまあ」

さすがにまずいと思ったのか、瑞貴が両手をひらひらさせて、割り込んだ。

「じゃあ暁山さん、懇親会は俺に任せてもらってもいい？」

「ええ、ありがとう。お願いするわ」

「任せて。こういうのは得意だからね。そうだひかる、良かったら手伝ってよ」

そりゃ、暁山より瑞貴のほうが得意だろう。暁山は社会性皆無《かいむ》だから……。

瑞貴と柊が先頭に立つなら、懇親会は円滑に進むはずだ。

俺みたいに人気者をちょっとひねくれた目で見てしまうタイプでも、彼らのようなキラキラした美形に直接言われたら従っちゃうもんな。ボスについていきたくなるのは人間の本能だと

思う。

「うん、いいよ。私も楽しみだしっ！」

瑞貴《みずき》の要請を柊《ひいらぎ》は笑顔で快諾した。

大きなトラブルには繋《つな》がらなかったが、ちょっとした禍根《かこん》を残したまま各々《おのおの》の席に戻っていった。

十章　うちの妹は眼鏡姿も可愛い。

The Love Comedy Which Nurtured With a Mom Friend

「あの……暁山《あきやま》さん？」

「なによ」

「これは一体どういう状況で？　あとなんで眼鏡？」

柊《ひいらぎ》とひと悶着《もんちゃく》あった日の翌日。いつも通り幼稚園のお迎えをした後、暁山は俺の家に来ていた。

いや、そこまでは良い。俺の料理を食べたいと郁《いく》が頼んできたので、俺としては断る理由はない。前回と同じく一緒に食事をしようということで、暁山姉弟がうちに来ているのだ。二度目なので慣れたものである。

問題があるとすれば、この状況だ。なぜか俺は料理をせず、数学の課題に向き合っている。

「響汰《きょうた》に勉強を教えてあげるのよ。眼鏡は伊達《だて》ね」

「形から入るタイプ!?」

たしかに似合ってるけど！

暁山が眼鏡を中指でくいっと上げた。横で見ていた想夜歌《そよか》が「おお〜」と拍手した。

「すみちゃんかっこいい！」

「そ、そう？　……いえ、当たり前よ」

想夜歌《そよか》には刺さったようである。暁山《あきやま》も満更ではなさそうだ。

想夜歌もおもちゃ箱からパーティ用のド派手な眼鏡を取り出して掛ける。それはちょっと違うかな？

「おそろい！」

「なかなかファンキーね」

「ぱんき？　そう、そぉかはぱんき」

想夜歌はきりっとした顔で腕を組んだ。全然意味わかってなさそうだけど可愛《かわい》い。

リビングのテーブルは、高校生二人が横並びで座っても十分な余裕がある。左側に座る暁山が、ぐっと身体《からだ》を寄せて俺の手元を覗《のぞ》き込む。

シャンプーなのかトリートメントなのか、女の子らしい甘い香りが漂ってくる。

「どうしたの？　手が止まっているじゃない」

そうやって俺の顔を覗き込んでくるから、余計に意識が削《そ》がれる。

そもそも、なんで俺だけ膨大《ぼうだい》な課題が出されてるんだ。……小テストで散々な点数を叩《たた》き出したせいだった。このままでは中間テストも危ういと、雉村《きじむら》先生が作成してくれたのだ。

「いや、別に教えてもらわなくても……」

「一人でできるの？　あなたが？」

「できません」

　できたら赤点取らないからな。

　数学以外は何とかなる。決して高得点ではないが、勉強すれば赤点は時々しか取らない。だが数学は特に苦手だ。

　対して、ここにいる暁山、いや暁山様は全教科で毎回のごとく学年一位をかっさらう秀才だ。俺の家庭教師としてはオーバースペックもいいところである。どうして同じ学校にいるのか不思議なくらいだ。

　ほんと、学校では完璧《かんぺき》だからな、こいつ。

「先日はお世話になったから、そのお礼として教えてあげるわ。それに、今日もご相伴《しょうばん》にあずかるのだし、このくらいはさせてちょうだい」

「優しくしてね……？」

「早くやりなさい」

「お礼なんだよな!?」

　暁山に教えてもらえるなんて願ってもないことだが、まったく集中できない。友達がいないせいで適切な距離感を知らないんじゃないか？　子どもに勉強を教えるのとは違うんだけど。

　想夜歌と郁《いく》が見ているテレビの音声がやけにはっきり聞こえる。

　体温が伝わってくるほどに顔が近い。少し尖《とが》った上唇が、彼女の整った造形をさらに輝かせていた。

腰が反るくらい背筋をまっすぐと伸ばし、胸を張っている。姿勢がいいな。

あの暁山澄《あきやますみ》と二人きりで勉強をしているなんて聞いたら、クラスの男たちは何と言うだろうか。そう考えて、ちょっとした優越感を覚える。まあ、正確には想夜歌《そよか》と郁《いく》もいるし、甘い関係ではまったくないのだが。

雑念をなんとか振り払い問題に集中する。集中したところで解けやしないが、課題は終わらせねば。

「そこは――」

俺の手が止まると、すかさず暁山が解説してくれる。彼女の説明は、意外と言っては失礼だが非常にわかりやすい。一度瑞貴《みずき》に教わった時は、感覚的すぎて何一つ理解できなかったものだ。

暁山は論理的だし、俺のペースに合わせて嚙《か》み砕いて教えてくれる。俺がどこで躓《つまず》いているのかを瞬時に判断して解決してくれるから、勉強の効率が段違いだ。

彼女はきっと、勉強ができない人の気持ちもわかるタイプなのだと思う。

今までの付き合いから、彼女が決して要領の良いタイプではないことは知っている。学年一位という華々しい結果も、元の才覚ではなく並外れた勉強量に裏付けされたものだということが、教え方からひしひしと伝わってくる。

俺は生まれて初めて、数学をきちんと理解している気がする。あくまで気がするだけだが。

「わかる！　わかるぞ……！」

「響汰《きょうた》、あなたよく二年生になれたわね。中学生のほうがまだマシよ」

「あれ？　今せっかく良い気分なのに罵倒《ばとう》挟む必要あった？」

口調は厳しいのに、教え方は優しい。やだ、ちょっと癖《くせ》になりそう。

先生がいくら優秀でも、俺の知能が急激に上がったりはしない。だが、ぶつかっていた壁の何枚かは乗り越えられたと思う。

何がわからないのかわからない、という俺にとって暁山は救世主だ。俺の頭の中が見えているんじゃないか？　そう錯覚してしまうくらい正確な教え方だったと思う。

「とりあえず、これだけ教えたらあとはできると思うわ。わからないところがあったら聞いてちょうだい」

暁山は椅子に座り直して、自分のテキストを広げる。細い指でシャーペンをくるりと回した……と思ったら失敗して落とした。何食わぬ顔でそれを拾い、勉強を開始する。

暁山は学校でも暇さえあれば勉強していて、中間テストを再来週に控える今週はより顕著だった。

「すげーな。一位なのにまだ勉強するのか」

「一位を維持したいのもそうだけれど、目的は進学ね。国公立を受けるつもりだから、勉強はどれだけやっても足りないわ」

それから、暁山《あきやま》は声を潜《ひそ》めて「郁《いく》のためにお金を残さないと」と郁に聞こえないよう囁《ささや》いた。

つくづく、弟思いの良いお姉ちゃんだ。

「ん？　別に試験受けるなら成績とか関係ないんじゃゃ？」

内申点が影響するのは各種推薦入試だけだ。

ふとした疑問を口に出すと、暁山は呆《あき》れたように息を吐いた。

「せっかく長時間授業を受けているのだから、有効に活用しない手はないでしょう？　真剣に取り組んだ結果、点数がついてきているだけよ」

「そりゃそうか。でも、普通予備校とかに行くもんじゃないのか？」

なんとなくそう応えてから、愚問だったと気が付いた。俺だって予備校には行っていないじゃないか。

学校が終わればすぐ幼稚園に迎えに行き、母親が帰って来るまで二人で過ごす。その生活の中に、予備校に通う余裕はない。

「すまん、そうだよな」

毎日忙しく過ごす中で勉強に手を抜かない彼女を、素直にすごいと思った。

ちなみに、俺は想夜歌《そよか》関係なくピンチだ。むしろ想夜歌の応援のおかげで点数が上がっていると思う。

「最近はお母さん、忙しいのか？」

「そうね。去年まではこんなに忙しくなかったのだけど、今年は特に忙しいみたい」

「そりゃ大変だな」

「今日も、帰ったら掃除をしないと……それと洗濯をして幼稚園の準備をして……あと……」

暁山は指を折りながら、やることを列挙していく。

俺も実感するところだが、子育てと家事の両立は想像以上に大変だ。

暁山は加えて勉強の時間も取る必要がある。郁は大人しい子だけど、あまり長時間目を離すわけにはいかない。特に今の時期は、幼稚園が始まったばかりなので用意するものが多いし、予定外の問題が頻繁《ひんぱん》に発生するから気も休まらない。

「あんま無理すんなよ」

「わかっているわ。でも、今まではずっと母に任せきりだったの。母が忙しい時くらい、楽してもらいたいじゃない」

「余計に仕事増やしそうだな」

会ったこともない暁山母にそっと同情する。暁山はバツが悪そうに髪を指先でくるりと回した。

「まあお母さんがいなくて困ることがあったら、気軽に言えよ」

郁を見ながら家事をして、そのうえ勉強までするとなれば時間がいくらあっても足りない。

俺は小学生のころから当たり前にやってきたので、家事は慣れている。暁山《あきやま》の力になれることもあるはずだ。

「今でも十分助けてもらっているもの。これ以上響《きょう》汰《た》に迷惑をかけるわけにはいかないわ。ただのクラスメイトなのに」

「ただのクラスメイト……ね。俺はそうは思ってないけどな」

むしろ、学校での接点はほとんどない。

想夜歌《そよか》と郁《いく》が友達で、俺らはそれぞれの兄と姉。ただそれだけの関係だ。けど、だからこそ助け合うことができる。子育てをしている高校生という、似た境遇の俺たちは苦労も共有できる。

「どっちかと言えば……ママ友だろ。俺たちは」

俺も暁山も母親ではないけど、かといって他に表現も思いつかない。

「ママ友……」

「そうだ。だからお互い助け合うのは当然なんだよ。ていうか、一人で子育てなんてできると思うか？　俺も想夜歌のことで頼ることもあるだろうし。特に女の子特有の好みやトラブルなんかは、俺にはさっぱりだ。今度教えてくれよ」

特に女の子の服装なんて、俺のセンスが正しいのか不安なんだよな。その辺は母親が担当するところだと思うんだが、うちの母さんはロクに帰ってこないし、子どもに興味がない。あの人に何か期待しても無駄だから、俺は諦《あきら》めている。

暁山はきょとんとして、目を大きく見開いた。思案するように顎《あご》に手を当て、そして頷《うなず》いた。

「そうね、想夜歌ちゃんに好きな人ができても、響汰には話しづらいでしょうし」

「たしかにそう……は？　どこの男だ！　うちの妹はやらんぞ！」

想夜歌にはまだ早い。二十年くらい早いと思う。

拳《こぶし》を握りしめていきりたつ俺に、暁山がくすりと笑った。

「ありがとう。たまに、郁のことで頼るかもしれないわ」

「おう」

「郁のことは私が一番わかっているのだけれど、ただ……男性同士の感覚も大事なのだと、以前知ったわ」

「あー、キッズスマホの時か？」

同じ人間だけど、男女で感覚に違いはやっぱりあるからなぁ。厳密には男女だけじゃなく人によって千差万別なわけだが、異性よりは同性のほうが共感しやすいのは当然だ。

「郁も最近は、響汰に懐《なつ》いているようね。……認めたくないけれど」

「そうだな。まあこっちも、郁のお兄ちゃんになった覚えはないけどな！」

仲良くするのはいいが、想夜歌に手を出すのは許さん。最近仲良すぎるから、一度牽制《けんせい》しておいたほうがいいかもしれない。

「さて、雑談が長引いたわね。勉強に集中しなさい」

「おっ、今の母親っぽい」

「こんな生意気な息子は御免ね」

さすが、高校生とは思えない貫禄《かんろく》だぜ。

冗談を言ったら暁山《あきやま》の目が冷たくなったので、慌ててペンを取った。

想夜歌《そよか》に教えるための勉強なら頑張れるんだけどな……。綺麗《きれい》な字を書くようになってほしいから硬筆の練習をしたし、算数の復習もした。料理も家事も、想夜歌を思えばいくらでも頑張れる。

だが勉強はダメだ。これなんの役に立つの？

はっ、待てよ？

もし想夜歌が高校生になった時、俺が勉強を教えられれば……。『お兄ちゃん、勉強教えて？』なんて言われる日が来るんじゃないか？

大きくなった想夜歌は当然、最高に可愛《かわい》い女子高生になっているだろう。マンツーマンで家庭教師をして、たまに夜食を作ってあげたりなんかして「お兄ちゃん大好き！　ありがとう！」なんて言われるかもしれない。

「ぐへへ、俄然《がぜん》やる気が出てきた」

「ぜったいロクなことを考えていないわ……」

「俺は想夜歌のために全教科の教員免許を取るぞ！」

　夢は大きく持たないとな。

「よし、まずはテストで赤点を回避することが目標だ。暁山、お前にかかっているからしっかり頼むぞ」

「現状分析が正確なのは良い事だけれど、結局人任せなの……？」

　だって、俺勉強できないし。

　暁山先生の指導は時折心をえぐる言葉が飛んでくること以外は素晴らしく、課題は順調に進んだ。「想夜歌ちゃんがバカなお兄ちゃんは嫌いって言っていたわよ」「兄が留年なんて、想夜歌ちゃんはどう思うでしょうね。私なら情けなくて外を歩けないわ」「ほら、想夜歌ちゃんが見ているわよ。あら、不格好な兄だこと」などなど、手のひらの上で踊らされているようで非常に不服である。

　とはいえその効果は覿面《てきめん》で、窓の外が暗くなるころには課題を終えることができた。ただ解答を記入しただけではなく、きちんと理解することができたのだ。……三日後には忘れているかもしれないけど。

「やっと終わった！　暁山、ありがとな。宿題ってちゃんと全部埋まるんだな」

「予想の十倍は時間が掛かったわ……」

　時計を見ると、短針は六時を回っていた。そろそろ夕食の時間だ。俺としたことが、二時間も勉強に集中してしまった。最高記録かもしれん。

テレビを見たり立体パズルで遊んだりしていた想夜歌《そよか》と郁《いく》も、気づけばすっかり静かになっている。

「想夜歌、そろそろ」

「しっ」

ふと気になって椅子を引くと、暁山《あきやま》に静止された。暁山の唇に当てられた細長い指が、空中をなぞってリビングのほうに向けられる。

想夜歌と郁は、遊び疲れたのかソファですやすやと眠っていた。

想夜歌の頰《ほお》に郁の肩が突き刺さっている。郁はもたれかかる想夜歌を支えながら、少し窮《きゅう》屈《くっ》な体勢で船を漕《こ》いでいた。

なんとも微笑《ほほえ》ましい光景だ。

二人にはきっと、大きくなってしまった俺たちには思いもよらないような温かくゆったりとした時間が流れている。成長するにつれて忘れてしまうであろうこの時間を、大切にしてほしいと思う。

「郁が女とベッドインしているわ」

「いや言い方!」

口ぶりに反して、暁山の目はだらしなく垂れ下がっている。彼女は音を立てないように立ち

上がると、毛布を取って二人に掛けた。そっと郁《いく》の頭を撫《な》でてから、想夜歌《そよか》の前髪が目に掛からないよう払う。

ああ、暁山《あきやま》は本当に郁が好きなんだな。郁の寝顔をじっと見つめる彼女は、愛《いと》おしそうに笑う。常に気を張っている暁山が唯一、力を抜く相手だ。

「想夜歌ちゃん、ここぞとばかりに密着しているわ。郁が優しいからってつけ上がっているわね」

「おい郁。お前まさか、想夜歌が睡魔《すいま》に弱いのを知って、ソファに誘ったのか？　なんて巧妙な手口、純粋な想夜歌を弄《もてあそ》びやがって！」

静かに眠る子どもたちの前で、俺たちは何を言っているのだろうか。目を合わせて、堪《こら》えきれずに笑った。もちろん、起こさないように静かに。

「じゃあ夕飯の準備でもするか。そのうち起きてくるだろ」

「そうね」

「それとも、勉強で疲れたし俺たちもひと眠りするか？」

「えっ」

軽い調子で言うと、暁山が珍しく焦《あせ》ったように表情を崩して、後ずさった。胸元を隠すように両腕で抱く。頬《ほお》が少し赤いのは、夕焼けのせいか。

俺は頭を掻《か》いて、はぁーっと息を吐きだす。

「そういう意味じゃねぇよ……」

あとお前、隠すほどないじゃねぇか。

「わ、わかってるわよ。ただ響汰《きょうた》ならやりかねないと思っただけで」

「想夜歌一筋だって何度言ったらわかってもらえるの!?」

「まさか想夜歌ちゃんとそういうことを……?」

あれ？　こいつ本当に学年一位か？　いつも思うが、想像が飛躍しすぎである。さっきまでの聡明さはどこへ。

俺から離れて縮こまる暁山を見ていると、こう、男心がくすぐられていよいよその気になってしまいそうなので、かぶりを振ってキッチンに移動する。

さっきは勉強を教えてもらったことだし、暁山が何か一品作れるようにしてやろうかな。幸い、時間があることだし。

十一章　妹が歌姫すぎる。

「あっ、響汰《きょうた》！　こっちこっち！」

高校近くの駅前に集まる集団の中心で、瑞貴《みずき》が大きく手を振った。他のクラスメイトもまばらに反応を示す。

今日は瑞貴が企画したクラスの懇親会だ。俺は想夜歌《そよか》を迎えに行く都合上、一度幼稚園に寄ってから戻ってきた。もちろん、想夜歌も一緒だ。

クラス替えから早一か月半、互いに人となりを知ったところでより一層結束を強めようという趣旨だ。参加は自由なので、メンバーは十五人前後に留《とど》まっている。だいたいクラスの半数だな。

やはりと言うべきか、瑞貴の周りは女子たちががっちり固めていた。瑞貴と同じクラスというアドバンテージを最大限生かせる機会だ。さっき学校が終わったばかりなのにばっちり化粧をしているあたり、本気度が窺《うかが》える。すっぴんのほうが可愛《かわい》い、などと思ってしまうのが、俺がモテない所以《ゆえん》か。

「悪いみんな、待たせた」

「いや、ちょうど話が一段落したところだったんだ。タイミングがいいね。想夜歌ちゃん、はいこれプレゼント」

スマートにフォローしつつ、想夜歌にも配慮するだと!?

この男、ただのイケメンではない……。

「みじゅき！　あいとー！」

ラッピングされた小さな紙袋を受け取った想夜歌は、あざとい仕草で瑞貴に抱き着いた。

「そ、想夜歌……？　そこは危ないからお兄ちゃんのところに戻ってきなさい」

「みじゅきがいい！」

心なしか、女の顔をしている気がする……！

去年も何度か遊んでもらっているので、瑞貴に懐《なつ》いているんだよな。毎回オシャレなお菓子をくれるので、今日も会うのを楽しみにしていた。やはり女の子は、小さくてもイケメンが好きということか？

「昏本《くれもと》君の妹ちゃん？　かわいい～。お兄ちゃんに似なくてよかったね！」

「あいとーだって！　ありがとうって言っているのかな？」

「かわいい！」

うんうん、そうだろうそうだろう。

想夜歌の可愛さが皆に伝わったようでなにより。

やっぱ写真だけじゃ限界があるからな！　連れてきてよかった。想夜歌《そよか》も、お姉さんたちにチヤホヤされてご満悦だ、でもちょっと緊張気味かな？

「ほらみんな、想夜歌ちゃんがびっくりしてるからその辺で」

瑞貴《みずき》がさりげなく想夜歌を守ってくれる。くそっ、お兄ちゃん力でも負けてる気がする！

「あっ、そうだよね。ごめんね、想夜歌ちゃん」

「だいじょぶ」

女子たちが謝りながら、想夜歌を解放する。

「よかった。響汰《きょうた》も合流したし、そろそろ行こうか」

瑞貴が想夜歌を抱き上げて、そう言った。

カラオケ店は瑞貴によって抜かりなく予約済みで、全員で入れる大部屋に案内された。十五人もいたら歌う順番などほとんど回ってこないだろう。まあ、目的は親睦《しんぼく》を深めることなので問題はない。

最近できたというこの店は食べ物の持ち込みが可能なので、皆思い思いのお菓子をテーブルに広げた。飲み物はドリンクバーがどのコースでも付いている。

メンツは学校と同じでも、カラオケの独特な空気と閉塞感《へいそくかん》が俺たちのテンションを上げる。

大部屋といってもソファの数には限りがあるので、距離が近くなりがちなのも懇親会向けだ。

想夜歌はというと、最奥のソファに座る瑞貴の膝上《ひざうえ》をしっかり獲得してお姫様状態である。

周りは瑞貴目的の女子生徒にがっちりと囲まれている。なにあそこキャバクラ？

「想夜歌……？　こっち来ない？」

瑞貴の魔の手から取り返そうとした。無視された。

……妹の兄離れが早すぎて泣きそうです。

瑞貴がそんな俺を見て、親指を立ててサムズアップ。さすが俺の親友！　わかってくれるのか！

「想夜歌ちゃん、何のジュースがいい？　オレンジかブドウかお茶。あとはコーラもあったかな」

「おれんじ！」

「だってさ、響汰。あ、俺はウーロン茶ね」

いけしゃあしゃあと頼んできた。

こいつ、生かしておけねぇ！

「私野菜ジュース～」

「え、いいの？　じゃあコーラで」

「ごめんね～。私ホットコーヒーがいいな」

瑞貴に続いて、女子生徒たちも手を挙げた。

国歌エンドレスで歌ってやろうかな。俺、なんだか愛国精神をアピールしたくなってきた。

もしくは市民なら全員歌える横浜《よこはま》市歌を……だめだ、あれカラオケに入ってないんだった。市内に店舗置いてるくせに採用されてないとか、どっかの条例に違反してるだろ。知らんけど。

パシリに任命された俺は、泣く泣くドリンクバーへ向かう。可愛《かわい》すぎる妹を持つと、大人気すぎて困るな！　誠に遺憾だが、瑞貴《みずき》と一緒にいれば悪いようにはなるまい。

サーバー横からコップを取って、無心でウーロン茶のボタンを押し込んだ。

「くれもっちゃん、めっちゃパシられてんじゃん。かっくいーっ」

「最っ高にバカにしてんな!?」

柊《ひいらぎ》ひかるが「どれにしよっかなー」と指を泳がせながら、俺の隣に並んだ。

他の女子生徒とは違い、学校で会ったままの姿だ。化粧なんてするまでもない、という自信を感じる。ウェーブの掛かったボブカットも自然体で、清純な雰囲気《ふんいき》だ。

ボタンを押し込みながら、ちらりと視線を向ける。柊はコップをセットしながら口を開いた。

「くれもっちゃんの妹、まじで可愛いじゃん。実在したんだね〜」

「えっ、イマジナリー妹だと思われてたの？」

「てっきりただのロリコンかと」

柊はちろっと舌先を出して、悪戯《いたずら》っぽく笑った。こういう仕草を自然とできるのが柊ひかるという少女である。素直に可愛い。

ドリンクを注いでいる間、ちょっとした時間に気まずくならない程度の会話を展開できるあたりに、彼女の対人能力の高さが窺《うかが》える。

「手伝おうか？」

「ん、じゃあおぼん取ってくれ」

「はいよ～」

想夜《そよか》歌がオレンジジュースで瑞貴がウーロン茶で……あとなんだっけ？　まあ多少間違えても平気か。

「くれもっちゃんってさ、瑞貴と仲良いよね」

「去年もクラス一緒だったからな」

「あっ、そういえば何回か見たことあるかも」

他クラスから瑞貴目当ての女子が来訪することはしょっちゅうだったので、俺はその間避難していた。柊は去年から目立っていたから一方的に知っていたが、俺の印象は薄いはずだ。

「くれもっちゃんって妹ちゃんの話しかしないから、変人だと思ってたよ」

「逆に聞くが、あんなに可愛い想夜歌のことを話さない選択肢があるか？」

「まごうことなく変人だったよ……」

心外な。

柊はしょうもない雑談の中でも楽しそうに笑う。人気があるのも頷《うなず》ける。いつも仏頂面《ぶっちょうづら》で、郁《いく》の前ですら微笑《ほほえ》むだけの暁山《あきやま》とは正反対だ。

「ま、今日は来てくれてよかったよ。仲良くしてね？」

「瑞貴《みずき》に近づくために？」

「おっ、正解」

いえーい、とハイタッチ。素直でよろしい。

「瑞貴のとこいかなくていいのか？　なんかキャバクラみたいになってるけど」

「えー、瑞貴ああいうの好きじゃないでしょ？」

「よくおわかりで」

「それに、私は一緒に準備したりして一歩リードしてるからねっ。今日くらいは譲《ゆず》ってあげる」

瑞貴はあんまりぐいぐい来られるの好きじゃないからな。以前それを女子に伝えたところ
「え……昏本《くれもと》君、嫉妬《しっと》でそういうこと言うのよくないよ？　それとも私のこと狙っている、とか？」とドン引きされたので二度と教えてやらん。やっぱ想夜歌《そよか》以外の女はダメだな。

「柊《ひいらぎ》も瑞貴が好きなのか？」

「好きだよ」

茶化すつもりの、ちょっとした軽口だった。

思わぬ即答に驚いて柊の顔を見ると、いつもの可憐《かれん》な表情は鳴りを潜《ひそ》め、真っすぐ俺を見返していた。

ボタンから離すのを忘れた指が、ウーロン茶をコップから溢《あふ》れさせる。

「聞こえなかった？　私は瑞貴が真剣に好きなの」

「お、おう。そうか」

あいつ、モテすぎだろ……。

柊も大概《たいがい》モテるだろうに。これはまた、男たちの屍《しかばね》が増えそうだ。暁山《あきやま》も柊も難攻不落だからな。

恋人を作ろうとしないのは瑞貴も同じだ。あいつは恋愛のゴタゴタを抜きにした、対等な友人関係を望んでいる。それを知っても、柊はきっと諦《あきら》めない。そう確信するほどに真剣な表情だった。

「だからごめんね？　くれもっちゃんの気持ちには応えられないんだっ」

おどけて、俺の肩を軽く突いた。空気が弛緩《しかん》する。

「俺の気持ち……？　想夜歌より可愛《かわい》くなってから言ってくれ」

「それは勝てないなぁ」

当たり前だ。想夜歌は宇宙一可愛いから、柊ごときが勝てるわけがない。

はっ、そろそろ想夜歌が寂しがってるかもしれない。早く戻らないと！　俺は注ぎ終わったコップをおぼんに並べて、慎重に持ち上げる。「ドア開けたげる」という柊の言葉に甘えて、後ろをついていった。

「そういえば、暁山さん結局来なかったね」

「……まあ忙しいんだろ」

「ふーん？　ま、別にいいんだけどさ。せっかく瑞貴《みずき》が誘ったのに」

先日から、柊《ひいらぎ》は暁山《あきやま》を敵視している節があるな。誰にでも分け隔《へだ》てなく接する彼女には珍しい。

「お前としては来ないほうが良かったんじゃないか？」

「なにそれ。私はただ、瑞貴に迷惑かけて欲しくないだけだよ。来ても来なくても、私は負ける気ないし」

柊が男前な宣言をしたところで、大部屋に辿《たど》り着いた。彼女は扉を開けると、いつもの明るい表情で皆に話しかけにいく。男女やグループを問わず、必ず一度は絡むあたり徹底している。

できれば暁山ともギクシャクしないで欲しい。

「女ってわかんねぇな……」

ていうか、瑞貴関連なら俺を巻き込まないでくれ！

釈然《しゃくぜん》としない気持ちのまま、想夜歌《そよか》たちがいる席にドリンクを運んだ。せっかくオレンジジュースを持ってきたのに、想夜歌は視線すらくれない。

いいんだ……俺は想夜歌が楽しいならそれで……。

「想夜歌ちゃん、何か歌う？」

「うたう！　えっとね、ミニスカちゃんのおうた」

「オッケー。響汰《きょうた》、わかる？」

想夜歌のカラオケだと！　ナイスアイデアだ瑞貴。当然、想夜歌が好きな曲は俺が把握《はあく》している。

曲が流れだすと、想夜歌はマイクを二本持って立ち上がった。

「はい、お兄ちゃんもうたって！」

「想夜歌……っ」

お兄ちゃんのこと覚えていてくれたんだね！　あまりに来てくれないから、お兄ちゃんから小間使いに転職するところだったよ。涙で前が見えない。

想夜歌のご指名なので、もちろんマイクを受け取った。だがメインは想夜歌の美声だ。こんなこともあろうかと、ハモリは勉強してある。

曲が流れだすと、想夜歌はモニター前に設置されている簡素なステージに立ち、ノリノリで歌い出した。皆も手拍子をしながら聞き入ってくれるので、想夜歌のテンションもうなぎ登りだ。身体《からだ》を左右に揺らし、天使の歌声を響かせる。か、可愛《かわい》いっ。

俺はほとんど声を出さず、想夜歌が歌詞を忘れた時にそっとサポートする。文字はまだほとんど読めないから、画面は無意味だ。

「想夜歌――！　可愛いぞ！」

間奏に入ったので全力で叫ぶ。連れてきてよかった！

歌い終わると拍手が巻き起こった。皆、想夜歌《そよか》の可愛《かわい》さに夢中だな。懇親会なのに幼稚園児を連れてきて迷惑かとほんの少しだけ懸念《けねん》したが、受け入れてくれたみたいだ。

想夜歌はステージを降りて、高揚したまま俺の胸に飛び込んできた。左手で抱き上げて、頭を撫《な》でる。

「よかったな、想夜歌」

「うん！　そぉか、うたじょーず?」

「上手に決まってる。天才だ」

えへへ、と白い歯を見せて笑った。

その後は、クラスの喉自慢が歌ったり女子に強請《ねだ》られた瑞貴《みずき》が易々《やすやす》と高得点を叩《たた》き出したり、和気あいあいとした時間が過ぎた。ちなみに、瑞貴の甘い歌声に三人ほどが失神した。少しくらい欠点がないと割に合わないので、今度全力で粗探しをしようと思う。

想夜歌もしばらくはしゃべったり歌ったりしていたのだが、次第に疲労の色を見せ始めた。

ソファに寄りかかり口数が減ったところで、俺は想夜歌を集団から救出する。

「悪い、想夜歌が疲れたみたいだから先帰るわ」

「あっ、そうだよね。ごめんね？　私たちに付き合わせちゃって」

「いや、こっちこそ想夜歌の相手してもらって助かるよ」

想夜歌はお姉さんたちと遊べて満足だと思う。目を擦《こす》りながら「ばいばーい」と手を振った。

これは家に着くまで起きていられないな。
会費を瑞貴に預けて、想夜歌と帰路についた。

十二章　妹への貢ぎ物。

The Love Comedy Which Nurtured With a Mom Friend

クラスメイトと大人数でカラオケに行くというちょっとした非日常から一夜明けて、日常が戻ってきた。否応なく迫る中間テストがさらに現実を突きつけてくる。しかも、準備期間の初日をさっそく懇親会で潰《つぶ》したからな……。

懇親会に参加したメンバーを中心に、クラスメイトはかなり親密になってきたと思う。一か月前まで他人ばかりだったとは思えない。俺も気の合う友人が何人かできた。まあ男なんて、くだらない冗談を言い合っていればコミュニケーションが成り立つ人種だ。楽で助かる。男女仲も悪くない良いクラスだ。

二年生は行事も多いし、今月末には球技大会も控えている。球技大会は団結力が問われる行事だ。仲が良いに越したことはない。

「くれもっちゃん、やほやほ。昨日あの後、想夜歌《そよか》ちゃん大丈夫だった？　私たち結構べたべたしちゃったから」

昼休みの中盤、各々《おのおの》が昼食を終えたタイミングで、柊《ひいらぎ》がそう切り出した。

「楽しかったーって、お風呂でも夕飯の時もずっとはしゃいでいたぞ」

半分以上瑞貴《みずき》の話だったけど！

人の妹に色目使いやがって……今後は接触を禁止するべきかもしれない。瑞貴のイケメンスマイルはあまりにも危険だ。去年、彼女を盗《と》られたと瑞貴に詰め寄っていた男の気持ちが、今になってわかった。唸《うな》りながら瑞貴を威嚇《いかく》したら、にこやかにピースされた。

「良かった～。嫌われたらどうしようかと思ったよ」

「構ってくれてありがとな」

「いえいえ～」

昨日、一番想夜歌と遊んでくれたのは瑞貴で、その次が柊だった。

想夜歌からしたらキラキラした大人のお姉さんなので、一緒に遊べて嬉《うれ》しかったと思う。想夜歌はおませさんなので、柊みたいな女子に憧れるのだ。

「想夜歌ちゃんマジ可愛《かわい》かったな～。ていうか、髪さらさらすぎるでしょ。ずっと触ってられる」

「お前……わかってるじゃないか。良い奴だな」

「あはっ、くれもっちゃん……さてはチョロいな？」

想夜歌の可愛さがわかる女子が悪い奴なわけないだろ。

「あの天使のような髪は、天性の素質に加えて、俺が毎日丹精込めて手入れしているからな。拘《こだわ》りぬいたシャンプーにトリートメント、ドライヤーの時間……全てにおいて抜かりない。朝はちょっとはねている時もあるが、それすらも可愛い」

「めっちゃ語るじゃん」

だって、今まで想夜歌《そよか》の話をちゃんと聞いてくれる人いなかったんだもん……。瑞貴《みずき》は軽く受け流すし。

「でもでも、髪結んであげた時はニコニコで、ほんと天使だったよっ」

当然、俺は想夜歌をずっと見ていたから柊《ひいらぎ》に髪型を教えてもらっていたのも知っている。あまりの早業に何をしたのか理解できなかったが、編み込んだ後ろ髪でハート形を作る、芸術的な髪型だった。可愛《かわい》らしい髪型にしてもらって、想夜歌もテンションが上がっていたな。

俺も髪型は色々調べて挑戦している。自分では可愛くできているつもりだが、やはりバリエーションが足りない。あとあまり長時間いじっていると嫌がられるんだよな……。

「あれは最高だった……ぜひ今度、やり方を教えてくれ」

「いいよ〜。他にもレパートリーあるから、想夜歌ちゃんをもっと可愛くしてあげる」

「お前、良い奴だな」

「それ、二回目」

柊はにかっと弾《はじ》けるように笑った。

うんうん、他の女子も想夜歌にハートを撃ち抜かれていたし、想夜歌の可愛さは男女問わず通用するな！　やはり地上波デビューを考えるべきか？

「まあ想夜歌ちゃんは瑞貴に懐《なつ》いてるみたいだし？　今度瑞貴も誘ってご飯でも行こーよ」

「したたかだなぁ」

「想夜歌ちゃんが可愛いのは本当だよっ」

外堀から埋めるタイプね！

瑞貴の友達をやっているとよくあることなので、気にしない。瑞貴のほうも、女関係でトラブルになる心配がないからこそ、俺と気兼ねなく一緒にいられるわけだし。もちろん気が合うのは前提として。

想夜歌の可愛い姿が見られるのなら、場をセッティングするのもやぶさかではない。

「あっ、そうそう。想夜歌ちゃんにクッキー焼いてきたんだ」

そう言って、柊はクッキーの入った小袋を俺に渡した。赤いリボンが結んである。

「貢ぎ物か。想夜歌は女神だからな、偉いぞ。ありがとう」

「うわぁ……瑞貴も食べる？　結構余ってるんだ」

俺の発言にドン引きしたあと、斜め後ろの席でスマホを見ていた瑞貴にも渡す。おい、そっちが目的だろ。

想夜歌は甘いものには目がないので、喜ぶと思う。瑞貴といい柊といい、想夜歌の機嫌の取り方を心得ているな。

「ありがとう。お弁当だけじゃ足りなくて、購買にでも行こうと話していたところなんだ。他の人にも分けていい？」

「う、うん。どうぞ食べて」

瑞貴《みずき》は受け取ったクッキーの小袋を机の上に広げた。運動部男子の食欲は、弁当一つだけでは収まらないらしい。柊《ひいらぎ》は微妙な顔をしつつも、その動作を見送る。

俺は横から手を伸ばして、クッキーを一つ取った。柊の咎《とが》めるような目は無視して口に放る。時間が経《た》っているはずなのにしっとりとしていて、バターの風味と甘みがちょうどいい。甘すぎないので、いくつでも食べられそうだ。

「美味《うま》いな。想夜《そよ》歌の専属パティシエに任命しよう。これからも頼むぞ」

「めっちゃ図々《ずうずう》しいじゃんっ」

お菓子作りって結構難しいから、素直にすごいと思う。分量や時間をきっちりはかり、温度を厳密に管理し、細かい作業も手を抜かない……そういう几帳面《きちょうめん》さが求められるのだ。

料理は大雑把《おおざっぱ》でもなんとかなるから、なんとなくで作れるのだが……俺はどうにも、お菓子には向いていない。せいぜいが、混ぜるだけで作れるプリンくらいだ。それでも想夜歌は大喜びだけど。

「ひかるはお菓子作るの上手だよね」

瑞貴がクッキーの粉が付いた指をティッシュで拭《ふ》いた。

周りの男たちもそわそわしながらクッキーに手を付ける。彼女がいない男たちにとって、女子の手作りクッキーなんておとぎ話だ。それがクラスのアイドル的存在である柊の手作りならば、喜びもひとしお。……それが瑞貴のおこぼれであっても。

柊はそんな男たちを見向きもせず、瑞貴の反応を見ている。

「そ、そう？　趣味でよく作るから、そう言ってもらえるのは嬉《うれ》しいな」

「想夜歌はチョコレートが好きだぞ」

「いや聞いてないし……。でもでも、フォンダンショコラとか得意かなー。瑞貴はチョコ好き？」

想夜歌は甘いお菓子はだいたい好きだ。特にチョコレートやグミなどの、思い切り甘いのが良いらしい。逆に、ビスケットやスナック菓子はあまり好まない。ばさつくのが嫌だとか。

もちろん、フォンダンショコラも大好きだ。あれ焼き加減が難しいんだよな。

「うん、普通に好きかな」

「なら今度作ってくるね！　想夜歌ちゃんにも」

柊は俺だけに見えるようにウインクした。あざとい。

瑞貴へのアピールも余念がないが、想夜歌をダシにすることで適度な距離感を保っている。お菓子の話題が終わると、すぐに他の女子グループのところへ戻っていった。瑞貴はしつこい子は嫌いだから、正しい対応だ。

……って、別に彼女の恋の行方はどうでもいいのだが。

「俺のおかげで優秀なパトロンを手に入れたね？　想夜歌ちゃんのポイント稼ぎの」

「想夜歌の好感度はいくらあってもいいからな！」

「くっくっ、俺がモテるおかげだ」

「それ自分で言うか？」

全女子よ、早くこいつの本性に気づいてくれ！

いや、たぶん気づかれてもモテるから意味ないわ！　願わくば、想夜歌《そよか》がこいつの毒牙《どくが》にかかりませんように……。

休み時間も残りわずか。一時間という時間は雑談をしているとすぐだ。

この六十分は休憩のためにあるのだから、息抜きをするのは正しい使い方である。決して、勉強をサボっているわけではない。

中には、まったく息つくことなく勉強をしている者もいるのだが。たとえば、暁山《あきやま》とか。

彼女が休み時間に机に向かっているのはいつものことで、誰も疑問に思わない。孤高の美少女は誰とも関わらない、というのは常識だ。話しかけても塩対応である。

だが、今週の暁山はなんというか、鬼気迫るものを感じる。

前はもう少しゆとりがあった。ゆったりと読書をしていることも多かったし、勉強をするにしても余裕の表情を浮かべていたと思う。それはまさしく、彼女が目指すクールで知的な美少女そのものだった。

今の暁山は前のめりになって、必死にペンを走らせているように見える。取り繕《つくろ》う余裕もないほど、自分を追い込んでいるのだ。

俺には正直……無理をしているように見えた。

「ん、響汰《きようた》、どうした？」

「あいや、別に」

「ふーん。響汰が別の子に見惚《みと》れていたって、今度想夜歌ちゃんに告げ口しちゃおっと」

「それだけはやめて!?」

なんて極悪非道な発想！

あ、でも想夜歌に嫉妬《しつと》されるのも悪くないかも。どちらかと言えば、俺の恋愛模様を根掘り葉掘り聞いてきそうだけど。

ふいに、誰かの声が耳に入って来た。

「暁山さん。これ、バレーのメンバー表なんだけど、暁山さんが集めてたよね？」

視線を向けると、とある女子生徒が暁山の前に立っていた。クラスの中でも派手な女子グループのメンバーである。

「ええ、私よ。確認するわね」

「ちゃんと書いたから早くしてよー」

渡したのは月末に行われる球技大会のメンバー表だ。中間テストの翌週にあるので、テスト勉強のストレスをぶつけようと、皆気合いが入っている。

「今朝貰《もら》ったバスケットボールとメンバーが被《かぶ》っているのと……名前はフルネームで書いて

欲しいわね。それに……」

「えー、いいじゃん。細かいところは暁山《あきやま》さんがやっといてよ。委員長なんだし、クラスのことは暁山さんの仕事でしょ？　あ、そうそう。今クラTのデザインも作ったんだ。手続きもやってよ～」

女子生徒はそう言って、グループの別の子とくすくす笑う。

ああ、思い出した、彼女らは暁山を目の敵《かたき》にしているグループだ。

その理由は知らない。容姿を褒《ほ》められることの多い暁山への嫉妬《しっと》か、態度が気に喰《く》わないのか、あるいは異性関係か。

「じゃ、よろしくねー」

「あ、あとこれもお願い。ついでだし、先生に提出しといてね」

別の女子生徒が、意地悪く笑った。

「やば。そこまでしちゃう？」

「えー、暁山さんなら大丈夫でしょー。だっていつも完璧《かんぺき》だし？」

女子生徒たちの甲高《かんだか》い声が、耳に障《さわ》る。

暁山は今、どう思っているのだろうか。相変わらず学校では無表情で、彼女の心情を推し量ることはできない。

残業続きの母に代わり家のことをこなしながら、郁《いく》にも目を配り、自分のテスト勉強と委員長としての仕事にも手を抜かない。その作業量は、およそ一人が抱えられる量ではないと思う。さすがに見ていられない。教室で関わるな、と言われているが、普通のクラスメイトとしても見過ごせない。最悪、いじめに発展してもおかしくないものだ。

優秀で、誰もが憧れる完璧な美少女。そんな存在は、決して好かれるだけではないのだろう。彼女が、最初に郁の存在を隠したいと言っていた意味がわかった。きっと、去年も似たようなことがあったのだ。クラス替え直後は実感できなかった問題が、ここに来て表面化してきた。ちょっかいを出している女子生徒も、クラスの中では力を持っているグループだ。男同士はそれほどグループやカーストを意識することはないが、女子の中では明確に分かれている……らしい。

だから、どこかおかしいと思っても声を上げづらい環境になっている。それに、暁山澄《すみ》は優秀で何でもできるのだから大丈夫だろう、という一見すると正当にも見える根拠もある。本当はそんなこと、まったくないのに。

「暁山さん、手伝ってあげようか?」

俺が腰を浮かせた瞬間、耳に飛び込んできたのは柊《ひいらぎ》の声だった。

柊は取り繕《つくろ》ったような笑みで、暁山の前に立つ。人に自分がどう見られるのかよくわかっているタイプの、アイドルのような笑顔だ。

「一人じゃ大変でしょっ?　懇親会の時も手伝ったし、私も学級委員みたいなものっていうか」

柊《ひいらぎ》はそう言いつつ、瑞貴《みずき》をちらっと見た。席に座ったままの瑞貴は、面白そうに唇を歪《ゆが》めるだけだ。

同じ学級委員であり瑞貴が興味を寄せる暁山《あきやま》も、俺と同様に瑞貴攻略の糸口というわけか。策士だな。俺の偏見かもしれないが。

「結構よ。私一人でできるわ」

柊を一瞥《いちべつ》した暁山は、にべもなく断って再び顔を下に向けた。

「でもでも、その調子だと放課後までかかるじゃん。クラTの申し込みは早くしないと球技大会に間に合わないかもしれないしっ」

「そうね。でも、柊さんに手伝ってもらうほどじゃないから」

この期《ご》に及んでまだ強がるのか。

柊の笑みに陰りが生じる。口角だけは上がっているが、目は笑っていない。

先日の剣呑《けんのん》な雰囲気《ふんいき》がまた戻ってくる。先ほど嫌がらせをしていた女子たちも、押し黙って成り行きを見守った。

「私がいると邪魔《じゃま》ってこと？　たしかに暁山さんみたいに勉強できたりしないけど、私のほうが得意なこともあると思うよ」

「ええ、そうでしょうね」

「……なにその言い方。どうせ、なんでもできるからってみんなのこと見下してるんでしょ」

「そのような意図はないわ」

柊の明るさが鳴りを潜《ひそ》め、責めるような口調になった。だが、対する暁山の声は平坦なままだ。その揺るがなさが、さらに柊を逆上させる。

暁山は本当に、見下しているつもりはないのだろう。ただ彼女は……理由はあまり理解していないが、完璧《かんぺき》な姿を己に課している。他人に弱みを見せないし、頼らない。

だがそれとは別に、単純にコミュニケーションが下手だ。素直になれないから、冷たい言葉を放ってしまう。

「瑞貴に気に入られているからって調子に乗らないで」

「気に入られているかは知らないけれど、雨夜《あまや》君は関係ないわ。私は委員長として、できることをするだけよ。……あなたも気に入られたいなら努力をすればいいのではないの？」

「は？　努力ならしてるよっ！　天才のあなたにはわからないと思うけど、私だって――」

あくまで冷静さを保っていた柊が、机に両手を叩《たた》き付けた。はっとして、口を噤《つぐ》む。教室が水を打ったように静まり返った。

俺は慌てて、両手を広げて暁山の前に出る。

「ストップストップ！」

「はいはい、ひかる。そこまでにしよ？　ね？」

同時に、瑞貴が柊の背中に手を置いた。

柊《ひいらぎ》ははっと目を見開くと、悔しそうに下唇を噛《か》んだ。瑞貴《みずき》の顔を見て、暁山《あきやま》の机から二、三歩離れる。

気まずい。暁山はなおも凛《りん》とした表情で柊を見つめているし、柊は不機嫌さを前面に出している。

膠着《こうちゃく》状態が数秒続いて、柊が口を開きかけた時、教室にチャイムが鳴り響いた。

「授業始まるね」

瑞貴が優しく柊の肩を押した。

「そう……だね。うん、何か変な感じにしちゃってごめんね？」

柊は白い歯を見せてぎこちなく笑った。

チャイムに助けられたけど……二人の少女の関係は、より悪化してしまった。

一日経《た》っても、状況は好転しなかった。

「あの子、今日も勉強してるよ」

「勉強できるアピール？　必死すぎて笑える」

「いやいや、休み時間にすることないだけでしょ」

「言えてる。もっと仕事増やしてあげようか」

休み時間。トイレに行った帰りに、ふと声が聞こえてきた。廊下の角で、思わず足を止める。

ああ、またあいつらか。

暁山に良い感情を持っていない女子たちが、壁に寄りかかって会話をしていた。俺は咄嗟《とっさ》に身を隠す。

「男ってああいう感じの子好きだよね～」

「何がいいんだろ。あの子なんて顔だけじゃん。愛想ないし」

「ね。瑞貴君も早く目覚ましてほしー」

「えー？　別に瑞貴君だって面白がっているだけでしょ。本気なわけないって」

「それもそっか」

悪意を隠そうともしない棘《とげ》のある言葉が、息を吐くように次々と飛び出してくる。

嫌味な口調と、同調してあげる忍び笑い。陰湿で、何もかもが不快だ。最初は明るくて楽しいクラスだったんだけどな。同じ教室で過ごして親しくなっていくうちに、自然とグループが分かれ、諍《いさか》いが起こる。中学校くらいから何度も経験してきた流れだ。

ここで直接咎《とが》めるのが得策ではないことくらい、俺でもわかる。人間関係というものは複雑で、特に高校という限られた空間、限られたコミュニティの中では、慎重にならざるをえない。

いつもの俺だったら、見て見ぬふりをしていたと思う。それが賢い生き方だ。だが……今日の俺は、見過ごすことができないみたいだ。

言いようのない怒りが、ふつふつと湧《わ》いてくる。

奴じゃない。

お前らが暁山《あきやま》のなにを知っているんだ。暁山は、俺のママ友は、お前らが簡単に貶《おとし》めていい

暁山はきっと、俺が関わることを望まない。だが暁山のためではなく俺自身のために、何か言わなければ気が済まなかった。

覚悟を決めて姿を見せようとした時、聞こえてきた言葉に二の足を踏んだ。

「ひかるもそう思うでしょ？」

一人の女子生徒が、そう問うた。

柊《ひいらぎ》ひかる……俺からは姿が見えない彼女は、彼女らとも仲が良い。

「うん、まあね」

「でしょ！　あの子、ひかるにも冷たくしてたもんね！」

……でも、まさかあの柊が容易《たやす》く同意するとは思わなかった。

周りの女子たちが、ここぞとばかりに騒ぎ立てる。

柊の影響力はそれほどまでに大きい。昨日、柊と暁山が対立したことで、正義は我にあり、とばかりに他の女子グループまで追随《ついずい》し始めた。

誰からも好かれる柊が敵だと言えば、いやはっきりと明言しなくても、その相手は『イジメてもいい人間』になりうる。まるで女王様のような言い草になってしまうが、実際そうなのだ。

なおも続く悪口に耐え切れなくなって俺は彼女らの前に姿を見せた。突然のことに驚いたの

か、女子生徒たちは一斉に口を閉じた。その中心……一人だけ窓の前に座る柊は、まるで他の女子を従えているかのようだ。余裕の笑みを湛《たた》えたまま、俺を見た。

あまりの迫力に肌が粟立《あわだ》つ。

「どうしたの、くれもっちゃん。ついにＪＫの魅力に気が付いた？」

「ロリコンじゃねぇって……。じゃなくてさ、暁山のことだよ。あいつ、今忙しいみたいだから、あんまり仕事押し付けるのやめてやれよ」

「くれもっちゃんは暁山さんを庇《かば》うんだね。美人はいいな〜。何も言わなくても、男が勝手に助けてくれるんだもん」

「そんなんじゃないし、柊だって美人だろ」

「くれもっちゃんに口説かれてもな〜」

想夜歌《そよか》ほどじゃないから安心してほしい。

柊はくったくのない笑みを浮かべた。

「くれもっちゃん、あっちで二人で話そうか？」

完璧《かんぺき》に作られた笑顔で、柊が手招きしながら歩きだした。他の女子生徒は空気を読んで教室に戻っていく。

少し離れた場所で、俺と柊だけが向かい合った。

柊は一歩、二歩と足を進め、俺との距離を詰める。大きな瞳が、頭一つ低い位置から俺を見上げた。つん、と指先で俺の胸を叩《たた》く。

「暁山《あきやま》さんのこと好きなの？」

「俺は想夜歌《そよか》一筋だ」

「じゃあ、どうして味方するの？　放っておけばいいじゃん。暁山さんが選んだ道だよ。忙しいのかは知らないけど、委員長になったのも、仕事を断らないのも、みんなと親しくしないのも、全部彼女が決めたこと」

彼女は指を折りながら、ねっ？　と小首を傾《かし》げた。

「暁山さんは完璧《かんぺき》でなんでもできるんだから、心配しなくても大丈夫だよ」

「……だから、嫌がらせをするのか？　暁山が優秀で、仕事をそつなくこなすから、押し付けてもいいのか？」

「私がイジメているみたいな言い方やめてよ。私だって暁山さんと仲良くしたいんだよ？　瑞《みず》貴《き》に気に入られているみたいだしさ」

その言葉は本心だと思う。柊《ひいらぎ》は常に、暁山に歩み寄ろうとしていた。それを拒んだのは、たしかに暁山だ。

暁山が郁《いく》のことや家事に忙しくしていることを柊たちは知らない。彼女が裏で必死に努力していることも。

「柊がそういうつもりじゃないのはわかってる。でも、あいつらは違うだろ？　頼むから、やめるように言ってくれないか？」

「私が言っても仕方ないよ。しかもそれって、私がやめて欲しいと思っている前提のお願いだよね」

「違うのか？」

「うん」

ぞっとするような低い声で、柊は端的にそう言った。

「だってずるいじゃん。私がどれだけ頑張っても、皆は……瑞貴は、あの子が良いって言うでしょ？　暁山さんは美人で勉強もできるし、才能だけで瑞貴の興味だって惹《ひ》いちゃう」

「そんなの、暁山だって」

「知らない。知らないよ、そんなの。ただ私は、暁山さんのなんでもできますって顔が気に食わない……いや、違うか」

柊が俺の横を通り過ぎていく。そろそろ休み時間も終わる。

「暁山さんが羨《うらや》ましいんだよ。私と違って周りに流されず、自分を貫く姿がね」

すっと目を細めてそう言うと、柊は教室に戻っていった。立ち尽くす俺を残して。

その日は柊と暁山のことがぐるぐると頭を回って、授業に身が入らなかった。いやまあ、いつも入ってないんだけど。

ようやく授業が終わり、待ち受け画面の想夜歌《そよか》が俺に手を伸ばす。可愛《かわい》い。

「やっと想夜歌に会える！」

「昏本《くれもと》君、まだＨＲがあるよ？　もう他の女の子に意識が向いてるんだね。先生悲しい」

「他、とは……？　どこかに別の女の子が？」

まさか雉村《きじむら》先生が自分のことを女の子と思っているわけでもあるまいし……。

なんにせよ、想夜歌以外に考えるべき女の子は存在しない。ああ、想夜歌は今日もちゃんと給食を食べてお昼寝したかな。

雉村先生はがっくりと項垂《うなだ》れて、両手を教卓についた。

「うう、昏本君がロリコンって噂《うわさ》は本当だったんだ！」

教師のセリフとは思えない。というか、俺に妹がいるのは先生も知っているはずなのに。

「俺はいつもキジちゃんだけを見てるよ」

「雨夜《あまや》君はどうせ皆に言ってるんでしょ」

「うわ、めんどくさい女モードだ。何かあった？」

やめろ瑞貴《みずき》、余計なことを聞くな。帰りが遅くなるだろう。

雉村先生は大声で「聞いてよ！」と言いながら教室を見渡した。

「これからテスト問題も作らないといけないのに、教頭先生に色々押し付けられちゃったんだよう。あ、皆これ内緒《ないしょ》ね？　先生怒られちゃうから」

先生も色々大変なんだな。特に雑村先生は若いから、断れない仕事も多いだろう。もちろん、先生思いの口の堅い生徒である俺たちは告げ口したりしない。あと、前の扉の窓ガラスから教頭先生の光り輝く頭部が覗《のぞ》いていることも、秘密にしておこう。

「あ、そうだ。学級委員長の暁山《あきやま》さん、放課後生徒会室に集合だって。忙しいのにごめんね」

おっとりとした口調で、ついでとばかりに付け足した。ＨＲで一番大事な情報である。

学級委員とは、言ってしまえば雑用係だ。クラスの代表として、行事の際にクラスをまとめたり、様々な手続きを行う。先生方がクラスに何か頼み事をする時も、基本的に学級委員に伝えることが多い。

また、生徒会役員とクラスの橋渡し的な存在でもある。主に行事運営を担《にな》う生徒会執行部は用事がある時に学級委員を呼び出すことが多い。

……というのは、去年も学級委員をやっていた瑞貴の受け売りだが。

「わかりました」

暁山がよく通る鋭い声で、毅然《きぜん》と応じる。

「うんうん、優秀な委員長がいてくれて、先生は安心だよ。先生の仕事も手伝って欲しいなぁ」

「なんだ、それなら早く言ってよ。俺が秘書になって毎日付き添ってあげるのに」

「はいっ、じゃあＨＲお終《しま》い！　解散！」

瑞貴の言葉に被《かぶ》せるように、強引にＨＲを打ち切った。すっごい食い気味。

まだ仕事が残っているのか、そそくさと退出する雉村《きじむら》先生。生徒たちも、追いかけるように教室を出ていく。

「暁山《あきやま》ちゃん、生徒会室だっけ。俺も行くよ」

「いえ、呼ばれているのは委員長だけだから」

「あはは、相変わらず冷たいね。じゃあ今回はお願いするよ」

あっさりと引き下がった瑞貴《みずき》が笑顔で「またね」と言って教室を出る。それを黙って見送った暁山も、ゆっくりと立ち上がった。生徒会室に向かうのだろう。

「暁山、お前、大丈夫なのか?」

歩き出した暁山の前に立つ。机に挟まれるような形で、俺と暁山は向き合った。

彼女は感情を感じさせない瞳で、俺を見た。

「昏本《くれもと》君、何かしら」

「いや、お前っ」

他人行儀な暁山の態度に、俺は思わずたじろぐ。

そうだった、学校では俺たちの関係については話さない約束だったか。教室にはまだ数人の生徒が残っている。

暁山は関わるな、と言外に訴えてくる。学校での姿が、そんなに大切か?

「その、忙しいんだろ? 学級委員長の仕事まで、そんなに頑張らなくても」

暁山がすっと目を細めて、視線を外した。無視か……。いや、これがいつもの暁山澄《すみ》だ。いつもの、学校での姿だ。

弟妹が関係しなければ、暁山は俺と関わろうともしないのか？　結局、俺とは他人のままなのかもしれない。俺が一方的に、彼女を友達だと思っているだけなのか。

彼女が俺を気にせず歩きだしたので、反射的に避けて道を譲《ゆず》る。すれ違い様に、暁山の細い指が俺のブレザーの裾を引っ張る。この位置だと、他の生徒からは見えない。

ついてこい、ってことなのか？

妙に歩くのが早い暁山をなんとか追いかける。渡り廊下を進むと、特別教室の集まる棟だ。すれ違う生徒たちが、颯爽《さっそう》と踵《かかと》を鳴らす暁山を見て何事かと足を止める。

特別棟は、教室側の喧騒《けんそう》が嘘《うそ》のように静かだ。数人、部活などで利用する生徒がいるくらい。

廊下の隅で、人気《ひとけ》のないことを確認した暁山がようやく口を開いた。

「響汰《きょうた》、学校で郁《いく》の話はしないでちょうだい」

「すまん。……それもいまいち納得してないけど」

「ここ数日でわかったでしょう？　私はあまり好かれていないの」

「そうか？　暁山に憧れてる奴だってたくさんいると思うが」

「それは私の外側の評価よ」

内面を見せようとしないのは、自分じゃないか。

この会話はいくらしても堂々巡りだ。彼女は頑《かたく》なで、表情すら変えようとしない。弱みを見せたらそこに付け込まれるとでも思っているのだろうか。

いいや、そんな話をしにきたわけではない。

「最近、お母さんがいなくて忙しいんだろ？　学級委員長の仕事まで抱えて大丈夫なのか？」

女子たちから押し付けられたことを除いても、球技大会関連の作業はいくつかある。その上、試験前でテスト勉強も佳境に入っているところだ。

郁《いく》の送り迎えや家事にも多くの時間を取られることになる。そして、彼女はどれ一つとして手を抜かないだろう。……短い付き合いだが、そう確信できる。

「たしかに少しごたついているけれど、大丈夫よ」

「大丈夫って言ったって……一人でやることないだろう。俺や瑞貴《みずき》だって手伝えるし」

「ありがとう。でも、学校のことは響太《きょうた》に関係ないもの」

「郁のことは？」

廊下の蛍光灯が古くなっているのか、チカチカと点滅してわずらわしい。暁山《あきやま》が口を噤《つぐ》むと、遠くから運動部の掛け声が聞こえてきた。

「今日のお迎え、どうするんだよ」

「それは……」

「暁山が郁のために色々頑張ってるのは知ってるし、実際すごいと思うよ。でも、それで郁のことをないがしろにするのは違う」

　少し厳しい言い方になってしまったかもしれない。

　彼女には彼女なりの苦労も色々あると思う。俺みたいに全て想夜歌《そよか》優先、ってわけにはいかないのはわかる。家のこと、進学のこと。カッコイイお姉ちゃんになりたいっていう理想だって、郁のためにしていることだ。

「なあ、前言ったと思うけど、少しは頼ってくれよ。せめて郁のことくらいはさ」

　暁山は拳《こぶし》をぎゅっと握った。瞳が揺れる。

「そう、ね。……その、今日は郁のこと、お願いしてもいいかしら？」

「当然」

　暁山は頷《うなず》いて、その場で幼稚園に電話をかけた。想夜歌と一緒に郁も俺が預かるという連絡だ。いつも一緒にお迎えに行っているので、すんなりと話が通った。

　生徒会の用事は、学級委員長なので仕方のないことだ。その間、うちで想夜歌と遊んでいてもらおう。想夜歌も遊び相手ができて嬉《うれ》しいと思う。

「すぐ行くから」

「ゆっくりでいいぞ。あ、夕飯もうちで食べるか？　今日もお母さんいないいんだよな」

「そこまでしてもらうわけには……」

「いいから、食ってけよ」

拒否する言葉は、もはや条件反射だ。暁山《あきやま》は言葉を止めて、首を横に振った。

「……ありがとう。お言葉に甘えるわ」

「おう、郁《いく》が帰りたくなくなるくらい美味《うま》い飯作ってやるよ」

「……あなた、幼女だけじゃなく男の子も趣味なの？」

「業《ごう》が深すぎる」

めちゃくちゃやばい奴じゃねぇか……。

にしても、暁山は人に頼るのが下手すぎる。俺なんて、学校のことは瑞貴《みずき》に頼り切りだからな。困ったことがあれば友達にすぐ泣きつく。想夜歌《そよか》のためなら俺のプライドなんてクソくらえだ！

暁山も、郁のためなら俺に頭を下げるのも厭《いと》わない。だけど……自分の負担は度外視である。そちらの問題は、何も片付いていない。

「私が響汰《きょうた》に頼るなんて屈辱《くつじょく》だわ。今回だけよ」

「はいはい。ほら、早く行って来い。どんどん遅くなるぞ」

「わかってるわよ」

少し晴れやかな顔になった暁山が、口を尖《とが》らせて生徒会室へ向かった。

俺も踵《きびす》を返して反対方向に歩きだす。

さて、想夜歌と郁を迎えに行くか。夕飯は何にしようかな。

十三章　うちの妹は優しい。

The Love Comedy Which Nurtured With a Mom Friend

「姉ちゃん……」

晩山《あきやま》の代わりにうちに連れ帰った郁《いく》が、心配そうに玄関を見つめる。帰ってからこの方、ずっとこの調子だ。廊下に座り込み、姉を待っている。

子どもというのは案外、家族のことをしっかり見ているものである。

ここ数日の晩山は、傍《はた》から見てもかなり疲れているのがわかるくらいだ。一緒に暮らしている郁は、晩山がどれだけ無理をしているか、よく知っている。

「郁、姉ちゃんはすぐ来るから、こっちで遊んで待ってようぜ」

「ううん、いい」

「じゃあ、アニメでも見るか?」

もう一時間はこうしている。

郁のためと嘯《うそぶ》くなら、逆に心配をかけては本末転倒だ。

彼女も、郁に心労をかけるのは本意ではないだろう。しかし、郁は鈍感でも薄情でもない。

大切な姉のため、今も気を揉《も》んでいる。

郁のあどけない瞳には、強い意志が宿っている。姉が帰ってくるまでは梃子《てこ》でも動かなさそうだ。

「いく、おままごとしよ」

「……姉ちゃんが、がんばってるの」

「すみちゃん？」

「ぼくのためにがんばってるから、ぼくもがんばる」

先日買ったヘビの人形を持った想夜歌《そよか》が、郁の隣にちょこんと座った。膝《ひざ》を抱えて、同じように玄関を見つめる。

「そぉかもがんばる」

「何を頑張るんだ……」

反応がないのをいいことに、郁の首にヘビを巻き付けるのはやめなさい。

そこで待っていても仕方ないと思うのだが、郁は気が気でない様子だ。俺は二人に一声かけて、夕飯作りを開始する。

郁は黙ったまま、想夜歌は飽きてふらふらと歩きまわりながら、時間が経《た》った。

六時を過ぎたころ、インターホンが鳴った。扉が開き、暁山が顔を覗《のぞ》かせる。

「姉ちゃん」

「郁……ごめんなさい、待たせてしまったわね」

玄関を開けるなり胸に飛び込んだ郁の頭を撫《な》でて、暁山はバツが悪そうに言った。郁は黙ったまま、頬《ほお》をこすりつける。

「姉ちゃん、だいじょうぶ？」

「ええ、全然大丈夫よ。郁《いく》が心配することはないわ。お姉ちゃん、人気者だから皆に頼られちゃったの。郁と同じね」

「そうなんだ」

「そうよ。お姉ちゃんはすごいんだから」

まるで台本を読み上げるように、白々しい言葉がすらすらと出てくる。微妙に嘘《うそ》ではない。あらかじめ考えてきたのだろうか。

「でも姉ちゃん……」

「今日の幼稚園はどうだったの？　郁はカッコイイし可愛《かわい》いから、きっとモテモテよね。女の子に言い寄られなかった？　心配だわ」

「……ううん」

「そう、それはよかった」

早口でまくし立てる暁山《あきやま》に、郁はしぶしぶ頷《うなず》いた。彼の顔は曇ったたままだ。

姉が心配な弟。弟の前でカッコつけたい姉。

どちらの気持ちもわかるし、普段なら良い関係性に見えただろう。でも、今の状況ではひどく歪《いびつ》なものに感じる。

郁は誰よりも姉を心配している。でも、やめて欲しいとは言えない。暁山が妥協《だきょう》するはずがないから。

「響汰《きょうた》、ありがとう。郁を預かってもらって、助かったわ」

「ああ、それはいいけど……」

「あまり長居するのも悪いし、お暇《いとま》するわね。遅くなってしまったから」

「いや、夕飯用意するって言っただろ。もう作ったから断られても困るな」

暁山が殊勝だと調子出ないな。普段の憎まれ口は鳴りを潜《ひそ》め、憂いを帯びた表情を浮かべている。

そこにいたのは、ただのか弱い少女だった。

しかし、これだけ弱ってもなお、彼女は強がる。

「でも……」

「ぼく、きょうたにいちゃんのごはん、たべたい！」

「……そう、ね。せっかく作ってもらったのだから、いただくわ」

郁に背中を押されて、暁山はようやく折れた。靴を丁寧《ていねい》に揃《そろ》える。だが膝《ひざ》に手を添えて立ち上がった拍子に、身体《からだ》が右に倒れた。

「おいっ！」

慌てて手を伸ばす。俺の手は届かなかったが、彼女は咄嗟《とっさ》に壁に手を突いて、身体を支えた。

何事もなかったかのように歩きだす。

一歩間違えれば頭を打っていた。郁《いく》が小さな手で、姉の身体《からだ》を支える。

「ちょっとバランスを崩しただけよ」

目は虚《うつ》ろだ。明るいリビングに移動したことで、暁山《あきやま》の顔がはっきりと見えるようになった。額には汗が滲《にじ》み、目の下には化粧で隠しきれないほどの隈《くま》が浮かぶ。

「すみちゃん、おねつ？」

誰から見ても、暁山の様子は正常ではない。想夜歌《そよか》にはうっすらと微笑を返すのみで、おぼつかない手つきで荷物を置き、ブレザーを折り畳《たた》んだ。

「暁山、ゆっくり座ってろよ。忙しいんだろ」

「忙しくなんかないわ。勉強する時間はしっかり確保してあるもの」

「睡眠時間を削って、か？」

学校では委員長の仕事が。放課後になれば郁のお迎えと家事が。

普段であれば存在しなかったそれらのタスクが重なったことによって、彼女の勉強時間は奪われている。俺だったら勉強なんて捨てているところだが、暁山は自分に妥協《だきょう》を許さない。時間を捻出《ねんしゅつ》するには、睡眠時間を勉強に当ててるしかない。

「ええ。この一週間が勝負ね」

あっけらかんと、なんなら自慢げに胸を張ってそう言った。

暁山は気づいているだろうか。隣に立つ郁が、目に涙を浮かべながら心配そうに見上げていることを。

やはり後ろめたい気持ちがあるのだろう。暁山はなるべく郁と目を合わせないようにしている。家に帰ってきてからずっと、だ。郁は誰よりも姉を心配しているというのに。

それでも郁は何も言わない。それはきっと、無理をしているのが自分のためだと思っているからだ。一部真実だが、それを郁に気づかせてしまっている時点でダメだ。

想夜歌もそうだからわかる。

子どもというのは、空気を読んで子どもらしくあろうとする。迷惑をかけまいと、子どもとしてわきまえてしまう。それをさせてしまうのは、いつだって大人だ。

「……寝なきゃ身体壊すぞ」

「三時間は寝ているわ」

「は？　ちなみに、何日前から？」

「一週間くらいかしら……？　そんなに心配しなくても大丈夫よ」

どう考えても、大丈夫だとは思えない。睡眠時間が足りなければ勉強の効率は落ちるだろう。そんな状況で点数を取れるはずがないし、何より身体への負担が大きい。

暁山はふらふらとキッチンへ向かう。

「エプロンを借りるわね」

「後は温めるだけだから、俺がやるよ」

「忙しいのは響汰《きょうた》だって同じでしょう？　響汰がやっているのに、私はできないなんて言えないわ」

たしかに、俺たちの境遇はよく似ている。両親の状況は違えど、親の代わりに下の子の面倒を見ている状況には変わりない。だから、共感もしているし仲間意識が芽生えている。だが、それをプレッシャーに感じるのはあまり良いこととは思えなかった。

そもそも、高校に通いながら子どもの面倒を見るのだけで大変なのだ。

「俺は昔から家事をしてるから慣れてるし、勉強はせず想夜歌《そよか》に全力投球だからな」

「威張ることではないけれど……」

「と、ともかく、俺は大丈夫なんだ。言っただろ？　助け合いだって」

彼女は、人に頼るということが苦手なのだと思う。自分のこと、郁《いく》のこと。自分が抱える全てのことを、自分一人の力でやらなければならないと勘違いしている。

暁山《あきやま》はエプロンが収納されている棚に手を掛け、しゃがみこんだ。以前も貸したエプロンを取り出す。

「今日のことは助かったわ。でも、ダメなの。私は完璧《かんぺき》じゃないと。良いお姉ちゃんになるって、カッコイイお姉ちゃんになるって約束した、から……」

うわ言のように、言葉が次々と溢《あふ》れてくる。

意識が朦朧《もうろう》としているのか、もう俺を見ていない。自分に言い聞かせながら。気力だけで動いているのだ。

その姿は痛々しくて、見ていられない。

「約束って……誰と」

暁山は棚に手をかけて、ゆっくりと立ち上がる。エプロンをつけようと手を回し、振り返った。

「暁山――」

その瞬間、身体《からだ》がぐらりと揺れる。

「あっ……」

暁山は腕を伸ばすが、どこにも届かない。バランスを崩し、そのまま後ろに倒れる。足はもつれたのか動かない。

「姉ちゃん！」

「おいっ！　暁山！」

暁山が懸命に伸ばした手を摑《つか》んで、思い切り引っ張りあげた。間一髪、キッチン台への衝突を防いだ。そのまま全身を使って受け止める。

彼女の背中は細く、骨ばっていて、重荷を背負うには頼りない。軽すぎる身体を、ゆっくりと床に横たえた。手から伝わる体温は火傷《やけど》しそうなほどに熱い。

「郁《いく》……」

半開きになった唇からかすかに声が漏《も》れた。

暁山《あきやま》は目を閉じて――意識を失った。


ソファに運んだ暁山が目を覚ましたのは、夜の八時を回ったころだった。

郁はその間、暁山に付きっきりで離れようとしなかった。

郁まで体調を崩してしまっては元も子もないので夕飯だけは何とか食べさせたが、それ以外の時間は暁山の顔を心配そうに見つめるばかりだった。

「んっ……」

「姉ちゃん！」

「い、郁……？　あっ、ごめんなさい、私……」

郁の泣きそうな顔と、自分にかけられた毛布を見て状況を把握《はあく》したようだった。

ソファの背もたれに手を突いて身体《からだ》を起こした。そのまま立ち上がろうとする暁山を、郁ががっしりと抱き着いて押さえつける。良い仕事だ。

「姉ちゃん、だめだよ」

「すみちゃん、おねつのときはねんね、だよっ」

大人が子どもに窘《たしな》められるようじゃ、まだまだだな。俺が言うまでもなかった。

想夜歌《そよか》がお姉さんぶってぷりぷり怒っているのも可愛《かわい》いが、今はそれどころではない。マグカップにお茶を入れて、暁山に手渡す。彼女は意識を朦朧《もうろう》とさせたままそれを受け取った。

「とりあえず水分を取ってくれ。食欲はあるか？　一応、夕飯は残してあるけど」

暁山の顔色はだいぶ良くなったが、未《いま》だ疲労の色は濃い。毎日のように睡眠時間を削っていたのだから当然だ。二時間眠った程度で回復するわけがない。

彼女は両手で持ったマグカップを傾けた。汗で張り付いた前髪を指先で整える。

「ありがとう。食欲は……あまりないわね」

「そうか。じゃあ寝てろよ」

「今しがた、たくさん寝かせてもらったわ」

「たった二時間だろ」

「十分よ。夜も寝るもの」

「お前、今倒れたのに懲《こ》りてないのか？」

自分でも驚くほどに低い声が出た。

暁山の態度にイラついてしまうのはきっと、自分に重ねているからだ。

俺だって人のことは言えない。想夜歌のためだったらいくらでも無理できるし、妥協《だきょう》しない。そういう根本的なところで、彼女に共感している。

立場が逆だったとしてもおかしくない。

想夜歌《そよか》がもっと小さく、俺が中学生だった時は、慣れない子どもの世話と家事に四苦八苦していたものだ。進まない家事に学校の宿題も手に付かない。夜は夜泣きに何度も起こされる。

俺だって無理がたたり体調を崩したことも、一度や二度ではない。

でも、身体的な疲労はあれど嫌々やっているわけではないのだ。それどころか、嬉々《きき》として取り組んでいる。

だからこそ、外から冷静に見られる者が忠言しなければならない。俺にしかできないことだ。

「……ちょっと眠かっただけよ。もう大丈夫だから」

暁山《あきやま》が気まずそうに唇を尖《とが》らせる。

大丈夫、という何度も聞いたその言葉は、何の意味もなさない空虚なものだ。

家の前を通る車のヘッドライトが、一瞬だけ窓を照らす。

「郁《いく》の目を見て言ってみろ」

「……っ」

暁山ははっとして、スカートの裾を摑《つか》んでいる郁を見た。後ろめたさから避けていた郁と、ようやく向き合った。

郁は何も言わない。ただ無言で、姉の顔をじっと見つめた。

「お前が身体《からだ》を壊してまで頑張るのを、郁が望んでいると思うか？　郁に心配かけて泣かせるのが、正しい姉の姿なのか？」

「……心配をかけるつもりはないわ。ただ、私は郁の姉なのよ。完璧《かんぺき》でなくちゃいけないの。郁の姉として、カッコイイお姉ちゃんじゃないと」

「カッコイイお姉ちゃんって……今の姿がカッコイイと、本当に思っているのか？」

「いつだって冷静で、知的で、なんでもできる。それが姉よ。それが私なの」

入園式で出会うまで、俺は彼女のことをたしかにそう思っていた。それはきっと、彼女がたゆまぬ努力によって作り上げてきたものだ。

「俺にはそうは見えないな」

「ならどうしたらいいのよッ！」

暁山が初めて声を荒らげた。

裏返ったそれは、静かな部屋に反響して暁山の余裕をさらに奪う。

「私には郁しかいないの！　郁のためなら自分の身なんてどうでもいい。どれだけ無理しても、私は完璧な姉で居続ける。わかったような口聞かないで！」

暁山澄《すみ》という少女は、料理も家事も苦手で、友達を作るのも感情を表に出すのも下手で、不測の事態が起こればパニックになる。不器用で要領の悪い、ただ弟が大好きなだけの普通の女の子なのだ。

なのに、彼女は完璧になりたいと言う。幾度となく繰り返すその目標は、呪いのように彼女

の身体《からだ》を蝕《むしば》む。ほとんど強迫観念だ。

「なんでそんなに完璧《かんぺき》にこだわる！　郁《いく》がそうしろと言ったのか？　言ってないだろ！」

思わず、俺も声を張り上げる。

「お兄ちゃん、こわい……」

俺たちの怒鳴り合いとも言える会話に、想夜歌《そよか》が怖がって泣き出してしまった。

ぐすっと洟《はな》をすする音を聞いて、冷静さを取り戻す。

郁も怯《おび》えた顔で姉に身を寄せる。

いけない、想夜歌と郁の前で喧嘩《けんか》っぽくなってしまうなんて。

暁山《あきやま》は目を泳がせて言葉を探す。

「約束したのよ。……郁が生まれた時に、良いお姉ちゃんになるって。誰もが憧れる、郁が自慢できるお姉ちゃんになるって」

暁山が震える手で郁の頭を撫《な》でた。泣き笑いのような表情で、愛《いと》おしそうに。

「約束って……誰と？」

「父よ。郁は顔も知らないけれど」

「……それって」

「亡くなったわ。郁が生まれる少し前に、事故で」

暁山が、郁を守るように両腕で包み込んだ。身体の震えを誤魔化《ごまか》そうとしたのかもしれない。

絶句した。同時に、軽率に尋ねたことを後悔した。

たしかに、彼女の口から父親の話が出てきたことはなかった。考えてみれば、二人に父親がいないと感じる場面はいくつもあった。そうだ、最近だって母親が仕事だから家事をしなければならない、という表現をしていたではないか。

家に行った時だって、父親がいるような素振りは見せなかった。部屋の設《しつら》えも女性らしさが全面的に出ていた。

俺の父親も家にはいないから、そこまで気が回らなかった。だが状況は似ているようで全然違う。

「死ぬ前に父が言ったのよ。見本になれる良いお姉ちゃんになるんだぞって。お母さんは少し抜けているところがあるから、代わりにカッコイイお姉ちゃんになれって。私は郁《いく》の姉であると同時に、母でもあり父でもあるのよ」

「……だから、無理をしてでも完璧《かんぺき》であり続けると？」

「そうよ」

郁が生まれる直前に亡くなったのだとしたら、三、四年前ということになる。幼い子どもがいる中で突然大黒柱を失う。その衝撃は想像もつかない。

想夜歌《そよか》の時はどうだっただろうか。うちは父親が海外で仕事をしているから、金銭的な心配はない。もちろん無駄遣いできるほどではないが。

母さんは出産後、正式に職場復帰してくれと懇願されるまで……想夜歌が一歳になるころまでは、週の半分は家にいた。その間は子育ても多少していたものだ。中学生だった俺は、家事と子育てに苦戦しながらも心には余裕があった。

だが暁山《あきやま》の場合、心の準備をしないままに突然、その状況に放り込まれたのだ。

「そうか……暁山、お前は完璧にならざるを得なかったんだな」

言葉にすることで、急速に解像度が上がった。

まだ中学生の少女でしかなかった暁山澄《すみ》は、郁が生まれたことによって大人になることを強いられたのだ。弱い子どものままでいることを、状況が許さなかった。

暁山は涙をこらえるように下唇を噛《か》んだ。

「わかったのなら、もう放っておいてちょうだい。響汰《きょうた》には関係ないでしょう?」

「関係なくなんか……前言っただろ。俺たちはママ友だ」

「ええ、今日助けてもらったことは本当に感謝しているわ。これからも郁のことで頼ることがあるかもしれない。でも、私自身のことは、響汰には関係ないはずよ。私たちはママ友。郁と想夜歌ちゃんを通じて関わっているだけなのだから」

ただのクラスメイトでしかないのだと、友達ですらないのだと、冷たく突き放される。

「……帰るわ」

もうとっくに日は沈んでいて、長居しては明日に差し支える。だが、暁山の身体《からだ》は限界で、このまま帰していいとは思えなかった。家に帰れば、今日も家事と勉強で遅くまで起きているつもりなのだろう。

しかし、引き留めようにもこれ以上、彼女を説得する言葉は見つからない。

暁山《あきやま》はソファから降りてそそくさとブレザーを羽織ると、郁《いく》と自分のバッグを持つ。動きは気だるげで、鋭敏さの欠片《かけら》もない。

何か言いたげにもじもじする郁とは、目も合わせない。郁のことを言い訳にしてしまったことに、負い目があるのだと思う。

俺にも覚えがある。俺は想夜歌《そよか》のためにやっているんだって、日ごろの大変さを想夜歌のせいにしてしまう。もちろん、やりたくないわけではない。むしろ想夜歌の力になれるのは誇らしいことだ。

そう、言い聞かせているのだ。想夜歌のために行動することが正しいことなのだと常に唱えながら、万が一にも『いなければ』なんて考えないように。

「やだ」

沈黙を破ったのは、想夜歌だった。

リビングの引き戸に手をかけたままの体勢で、暁山が足を止めた。

「そぉかは、お兄ちゃんがつかれるの、やだよ」

震える声で、たどたどしく思いを口にする。ほとんど涙声で、頬《ほお》からぽたぽたと雫《しずく》が落ちた。

「想夜歌……」

「おねつもやだ。ねないのもやだ。きぜつ、もやだ」

想夜歌はぺたんと座り込む。瞳は、しっかりと暁山に向けたままで。

ああ、子どもはこの小さな身体《からだ》に、どれほどのプレッシャーを抱えているのだろうか。

俺たちの会話もきちんと噛《か》み砕いて、理解して、自分の言葉で表現できる。

「お兄ちゃんは、ばかで、へんだけど、いいお兄ちゃん」

「あれ？」

妙だな……なぜこの流れで若干《じゃっかん》罵倒《ばとう》されたんだろ。

「そぉかは、お兄ちゃんがいなくてもだいじょぶ」

ぐはっ。

お兄ちゃんは泣きそうです。血涙のほう。

想夜歌の言葉は支離滅裂《しりめつれつ》のようで、本質はしっかり伝わった。けど言い方が良くないな！

俺にクリティカルヒットしてるよ！

つまりは、兄も姉も完璧《かんぺき》じゃなくていいってことだ。欠点があったとしても構わないし、常に見ていなくても大丈夫。そう言いたいわけだ。……そうだよね？　実は日ごろの不満を吐き出しているとかじゃないよね？

「そぉかは、かっこよくなくてもお兄ちゃんがだいすき」

想夜歌《そよか》の小さい、けれど立派な背中を後ろから抱きしめる。ちょっと震えている。

出会って間もない、それも一回り以上年上の女性に対して、泣いてしまうほど本気で慮《おもんばか》る。そんなことが、数か月前の想夜歌にできただろうか。もしかしたら自分の境遇と重ねたのかもしれない。

成長を実感する。ちょっと前までよちよち歩きだったのに、気づけば立派な女の子だ。

「ぼくもっ！」

続いて小さくも頼もしい背中がまた一つ。

「ぼくも、そんなによわくない。まもらなくてへいき」

「郁《いく》、私は……」

「姉ちゃんにはちゃんとやすんでほしい。かんぺきじゃなくても、姉ちゃんは姉ちゃんだよ。ぼくの、かっこいい姉ちゃんだよ！」

ずっとおろおろしているだけだった郁が初めて、純粋な気持ちを真正面からぶつけた。

暁山《あきやま》の肩からバッグが滑り落ちて床を叩《たた》いた。

「姉ちゃんは、いつもがんばってる。がんばりすぎ」

「私は、完璧《かんぺき》でないと姉として認められないのだと思って……」

「そんなことないもん」

この姉弟はよく似ている。

強がりで、見栄っ張り。誰よりもお互いを思い合っているのに、感情を表に出さないからすれ違ってしまう。

だけど今日、二人は胸中に秘めていた思いをはっきりと吐露《とろ》した。

「本当に？　私は郁の姉でいていいの？　何もできないのに」

「うん。なにもできなくても、ぼくのだいすきな姉ちゃんだよ」

「郁……っ」

暁山はゆっくりと膝《ひざ》をついて、郁を抱きしめた。強く、決して離さぬように。

思うに、『きょうだい』というのはかなり特殊な関係性だと思う。

家族として。時には一番近い友人として。またある時は世話をする、される関係として。

同じ親から生まれたというだけで、子ども同士で深く関わり合うのだ。

それは赤の他人では生まれることのない、特別な絆《きずな》を育《はぐく》む。

「もちろん、私も郁が大好きよ」

「だいたい、りょうりできないし」

「できるわ。……いえ、たまに失敗するわね」

険しかった表情も、憑《つ》き物が落ちたように穏やかだ。

二人はもう大丈夫だ。学校のことは何ひとつ解決していないけど、なぜだかそう確信した。

これからは今まで以上に理解しあう、最高の姉弟になっていくだろう。俺たち兄妹には勝てないけどな。

「郁《いく》……郁っ」

「姉ちゃん、だいじょうぶ」

「郁、ごめんなさい。それと……ありがとう。あなたが私の弟で良かった」

「ぼくも、姉ちゃんが姉ちゃんでよかった」

郁は腕を伸ばして、暁山《あきやま》の背中をぽんぽん叩《たた》く。

「いくとすみちゃん、なかなおり」

想夜歌《そよか》は達成感溢《あふ》れる顔で俺に笑いかけた。一番の功労者だよ。

想夜歌の頭を撫《な》でて、暁山姉弟に近づく。

「暁山」

俺が呼びかけると、暁山ははっとしたように顔を上げる。

「俺たちはたしかに年長者として、こいつらに正しい姿を見せてやらなきゃいけない。けど、俺たちだって大した人間じゃない。失敗だってするし、知らないこと、できないことのほうが多いだろうな」

想夜歌が生まれてから、大小含めていったいいくつの失敗を重ねたことか。今でも、毎日のようにミスを犯す。俺は兄として落第もいいところだ。

「でも、それが当たり前なんだ。最初から何でもできる奴なんていない。まずはそれを認めることが大事なんだと思う」

「……その通りね」

「だからさ、二人と一緒に俺たちも成長していこうぜ。兄として、姉としては三歳。こいつらと同じだ。少しずつでいいんだよ。焦《あせ》らなくていい。一歩ずつ、手を繋《つな》いで歩いていこう」

「郁と、一緒に」

晩山は郁を見ながら、そう繰り返す。

「子育ては、子どもを育てるだけじゃない。子どもとともに育つんだよ。それに、俺……ママ友もいるからな。一緒に育てようぜ。俺たち四人を」

妹の世話をしているつもりが、いつの間にやら助けられることばかりで。

想夜歌が教えてくれた感情が、俺を成長させてくれる。

想夜歌がいるおかげで毎日に彩りが生まれる。想夜歌が無条件で与えてくれる愛情に、いつも支えられているんだ。俺が一方的に与えるばかりではない。むしろ、貰《もら》うもののほうが多い。

お互いに影響し合って、ともに成長する。それが家族なんだと思う。

「子どもの成長は早いから、油断すると置いてかれるかもしれないけどな」

最後に苦笑して、頬《ほお》を掻《か》いた。

そう、今の舌ったらずで愛らしい想夜歌は、すぐに会えなくなってしまうのだ。

……え、悲しすぎる。

「私は、全く完璧《かんぺき》じゃないわね」

「今ごろ気が付いたか」

「完璧である必要は、ないのね」

「ああ」

暁山《あきやま》は目を伏せて、ゆっくりと反芻《はんすう》する。

きっとそれは、郁《いく》が生まれてから三年あまりの間で作り上げた価値観を、根底から覆《くつがえ》すものだ。

「ありがとう。響汰《きょうた》」

「おう。飯、食ってくだろ？」

「いただくわ。……あとで作り方も教えてもらえる？」

再びブレザーを脱いで、晴れ渡るような笑顔でそう言った。

クールぶってる姿より、こっちのほうが断然美人で、可愛《かわい》いと思う。

……まあ想夜歌《そよか》の三分の二くらいだな。

十四章　弟のために。

私は、郁《いく》の姉として相応《ふさわ》しい女性になれているかしら。

毎晩、同じ布団ですやすやと眠るあどけない顔を見るたび、私は自問自答を繰り返す。

その度に、否という答えしか浮かばない。

勉強は？　足りない。国公立の大学に行って、お金をなるべく残さないと。郁には良い学校に行って欲しい。私を見本にして、勉強にも取り組んで欲しい。教えられるようになりたい。

家事は？　全然ダメ。お母さんが残業がちになる前にもっと教えてもらうんだった。掃除も洗濯も、手際が悪い。料理は特にダメで、郁からも評判が悪い。

子育ては？　難しい。子どもは予測できないことばかりで、すぐ取り乱してしまう。郁が風邪を引いたときも、どうしたらいいかわからなかった。

交友関係は？　壊滅的。友達どころか、親しく話す相手すらいない。自分の不甲斐《ふがい》なさに嫌気が差すけど、学校では平気な顔をして勉強に打ち込む。おかげか、クールで知的な印象を与えているのは理想通り。これなら郁も憧れてくれると思う。

私はちゃんと、父の代わりになれている？　優しく、聡明だった完璧《かんぺき》な父。私が憧れた、カッコイイ父みたいに。

母がいない間、母親の役目も果たせている？　家事だけじゃない。少し抜けているけど全てを包み込んでくれる母のような、精神的な支えになれている？

だめ。だめ。だめ。

私は郁の姉として、まだまだ足りない。もっと完璧にならないと。

……ずっと、そう思っていた。

――澄《すみ》は来年からお姉ちゃんだ！　カッコイイお姉ちゃんにならないとな！　あ、可愛《かわい》くて美人なお姉ちゃんのほうがいいかな？

新たな生命を宿した母のお腹をさすって優しく笑う、父の顔が脳裏に浮かぶ。

美男美女の夫婦で、仕事も順調。夫婦仲も良好で喧嘩《けんか》も滅多《めった》にしない。絵に描いたような幸せな家庭だった。

私から見て、父は欠点が一つもない人だった。周りの女の子たちが自分の父親の悪口を言い始めても、私は嫌うどころか尊敬の念は高まるばかりだった。

あの人が何かを失敗したところを見たことがない。家事だって子育てだって、何でも涼しい顔でこなした。それでいて、母にも私にも際限なく優しかった。

だから、この幸せな家にまた一人、家族が増えることを全員が喜んだ。

――お姉ちゃんだから、ちゃんと見本になれるようにしっかりするんだ。約束だぞ。

そのころは父が事故にあうなんて想像もしていなかったから、なんてことのない気軽な約束だった。私は当時中学生で、まだ子ども。弟に優しくしてほしい、くらいの願いだったのだと思う。

郁《いく》が生まれることが待ち遠しくて、私たち家族は折に触れてそのことを話した。

……父が亡くなった後のことは、あまり覚えていない。

幸せだった私たちは、一夜にして絶望の淵《ふち》に沈んだ。

その日から、私と母はあまり会話をしなくなった。口を開いてしまったら、父がいないことをより実感してしまうから。

私は笑い方を忘れた。それは父が教えてくれたことだったから。

無味乾燥な日々でも、残酷にも時間は進んでいく。母の中で、弟が着実に育っていく。

葬式が終わったころ、郁が生まれた。

最初は、父が亡くなったのに弟なんていても意味がないと思っていた。父がいないのに、喜ぶことなんてできなかった。

今では、そう思っていたことを深く後悔している。

私の予想に反して、郁は私たちに笑顔を与えてくれた。生活はだんだんと郁が中心になっていって、目が回るような忙しさの中で、少しずつ前を向けるようになった。

郁と一緒にいる時だけは、私も心から笑うことができた。郁だけが心の拠《よ》り所《どころ》だった。

どん底だった私たち家族は、郁のおかげで明るくなれたのだ。

そして、私は父の言葉を思い出したのだ。

カッコイイお姉ちゃんになる。父のように、完璧《かんぺき》なお姉ちゃんに。

それが、父のいなくなったこの家で私が請け負うべき役割だから。

ぽっかりと空いてしまった穴を、私が埋めるのだ、と。

……でも、私は父にはなれなかった。

私には何もできなかった。生活費を稼ぐため母が働きだして、家賃の安いアパートに引っ越して。環境がどんどん変わっても、私は無力な子どものままだった。

母は働きながら独りで家事をこなし、郁を育てた。中学生に過ぎない私は、見ていることしかできなかった。

高校に入ってからも、それは変わらなかった。郁が幼稚園に通い出し、ほぼ同時に母が多忙になって初めて、母がどれだけ大変な思いをしていたのかわかった。それまでは、勉強を言い訳に、向き合ってこなかったから。母が許してくれるから、甘えていたんだと思う。

こんなんじゃ、完璧なお姉ちゃんには程遠い。そのことを、ここ数日で嫌というほど実感した。

でも、郁はそれで良いのだと言ってくれた。

響汰《きょうた》と想夜歌《そよか》ちゃんが、私を叱咤《しった》してくれた。

もちろん、父との約束は、今でも私の宝物だ。

でも、三人のおかげで、少しだけ考え方を変えることができた。

——良いお姉ちゃんになったな。

記憶の中の父が、そう言ったような気がした。

少しだけ、父の姿と響汰《きょうた》が重なる。雰囲気《ふんいき》だとか、子どもと接する態度だとか、考え方だとか。うまく表現できないけれど、なんとなく、父と似ている。

郁《いく》が懐《なつ》くのも納得だ。いえ、父のほうが断然カッコいいし頭も良いのだけれど。

「響汰には負けられないわね」

だいたい、昔から家事をしていたからって生意気なのよ。すぐに追い抜いてみせるわ。

隣で寝息を立てる郁の額にそっとキスをして、枕に頭を沈めた。

十五章 妹は空気を読まない。

The Love Comedy Which Nurtured With a Mom Friend

昨日、暁山《あきやま》はうちで夕飯を済ませるとすぐに帰宅した。

郁《いく》と想夜歌《そよか》のおかげで、暁山は少し考えを改めてくれたと思う。

とはいえ、学校での状況は何も変わっていない。

家事については母親の手が空くようになれば勝手に解決する。勉強も、ピークはテスト期間の今だけだ。

しかし、クラスメイトとの関係は悪化したままだ。女子たちとの諍《いさか》いは何も解決していない。

「さて、もう少しお節介をしますか」

暁山が調子悪いと、想夜歌が心配するからな。想夜歌の心労を和《やわ》らげるために、俺が動くとしよう。

暁山は余計なことをするなと言うだろうな。でも、別にあいつのためにやるわけじゃない。

俺は想夜歌のためには手段を選ばないぞ。

「くれもっちゃん、どうしたの？　いきなりついてこいなんてさー。瑞貴《みずき》は何か聞いてる？」

「俺もわかんないなぁ。響汰《きょうた》が何か企《たくら》んでるみたいだけど」

「あっ、想夜歌ちゃんと会わせてくれるんじゃない？　え〜、だったらお菓子作ってくれればよかった」

放課後。下校時間になってすぐに、瑞貴と柊《ひいらぎ》を事情も告げずに連れ出した。二人とも通学は電車なので、それを見越して俺も今日は電車だ。テニス部の活動がないことも、昨日のうちにリサーチ済である。

柊が横に並んで、俺の耳元にそっと顔を寄せる。

「さっそく協力してくれるなんて、優しいじゃん」

囁《ささや》き声がくすぐったい。

柊は男女問わず距離が近いな……。彼女にとって、肩に手を置くくらいのボディタッチは何の意味もないのだろうけど、男としては多少意識してしまう。

電車に揺られること三駅。幼稚園と自宅の最寄り駅で降りた。

「幼稚園のお迎えに行くの？　私、幼稚園行ってみたいかも！」

「いや、今日はいかない」

「そっかー。ご両親がいる日なんだね」

柊の誤解は否定せずに、無言で先導する。「ん？　じゃあどこに行くの？」という問いもひとまず無視だ。

瑞貴を連れてきてよかった。俺が橋渡しをしているのだと勘違いしてくれたおかげで、スムーズに事が進んでいる。疑問符はすぐに消え、柊は瑞貴に絡み始めた。二人ともテニス部二年のエース格。話題は尽きない。俺の協力なんてなくても十分仲いいと思う。

何かを察したのか、瑞貴《みずき》はにやにやとするばかりで口を挟んで来ない。

学校から友人と一緒に帰るというのは、中学生ぶりだ。去年も保育園の送り迎えがあったしな。中学校は家から徒歩圏内なので、こうやって電車に乗って下校するのは、もしかしたら初めてかもしれない。

やっぱり想夜歌《そよか》がいないと落ち着かないな！

「響太《きょうた》の家ってこの辺なんだね」

「何もないだろ？」

「ザ、住宅街って感じ」

隣駅は結構栄えてるんだけどな……うちの最寄り駅の周辺は何軒か飲食店があるくらいで、他は住宅街だ。静かで暮らしやすい街とも言える。

「人が多いから保育園の予約取るのも大変で……っと、そろそろ着くぞ」

当然といってはなんだが、今日も母親は仕事で帰って来ない。

父親も当分は海外だし、他に頼るような親戚もいない。

だから普段、俺が帰るまでこの家は無人だ。しかし、今日は違う。

「おお〜、ここがくれもっちゃんの家かぁ。結構大きいねっ。でも、なんで突然お家に？」

柊《ひいらぎ》は本気で困惑しているようで、得意のアイドルスマイルもぎこちない。

「まあまあ、よかったら上がっていってくれよ」

「なんか怖いけど、瑞貴もいるし大丈夫か」

自分の家なのでインターホンは押さない。鍵《かぎ》を差し込むまでもなく、扉はあっさりと開いた。

さて、問題はここからだ。予定通り、瑞貴と柊をうちに連れてくることができた。後はどう転ぶか、天に任せるしかない。

「ただいまー」

「お兄ちゃんだ！」

反応が良くて嬉《うれ》しいぞ！　ドタバタと足音がして、引き戸がスライドする音とともに想夜歌が顔を出した。幼稚園の制服のままの想夜歌が、廊下をダッシュ。

「寂しい思いさせてごめんな！」

お迎えにいけなかっただけで、こんなに待ち遠しく思ってくれるなんて……俺は想夜歌の思いを受け止めるべく、土間のタイルに膝《ひざ》をついて両手を広げた。さあ、お兄ちゃんの胸に飛び込んでおいで！

「みじゅきだ！」

「想夜歌ちゃん、こんにちは」

「どーん」

進路を変更した想夜歌は、そのまま瑞貴の腕の中に収まった。そんなバカなッ。お兄ちゃんより瑞貴《みずき》のほうがいいってことか!?

「想夜歌《そよか》ちゃん可愛《かわい》いっ。お姉さんがお菓子あげちゃう。はい、グミ」

「あいとー!」

なんで柊《ひいらぎ》は常にお菓子を持ち歩いているんだ。さすがに手作りではないようだが、ブレザーのポケットから取り出したフルーツグミを一粒、想夜歌の口に入れた。

くそう、イケメンと餌付《えづ》けお姉さんに心も胃袋もわし摑《づか》みにされて、俺のことなんて見向きもしない。

「きょうた兄ちゃん、おかえりっ」

「俺のことをわかってくれるのはお前だけだよ……」

遅れてやってきた——暁山郁《あきやまいく》が、俺を慰《なぐさ》めてくれる。

「ん? その子は……? くれもっちゃん、弟もいたの?」

柊があざとく指を顎《あご》に当てて、小首を傾《かし》げる。姉とは違うタイプの女性の登場に、郁は怯《おび》えて俺の身体《からだ》に隠れた。

郁はたしかに気配りのできる良い子だが、弟にしたつもりはない。郁は暁山澄《すみ》の弟である。

郁がこの家にいるということは、そう。

「響汰《きょうた》、帰ったのね。想夜歌ちゃんの着替えだけど、これで——っ」

姉もいる。

俺が想夜歌のお迎えを頼み、家の鍵《かぎ》を渡しておいたのだ。ブレザーと靴下を脱いだラフな格好で、暁山が現れた。

ばさり、と彼女の手から想夜歌のパーカーが落ちる。

「え？　暁山さん？」

「おっと？　響汰も隅に置けないね」

暁山は目を見開いて、絶句した。半開きになった唇をわなわなと震わせる。玄関前の廊下に立ち尽くす彼女の双眸《そうぼう》は、ここにいるはずのなかったクラスメイト二人を、確《しか》と捉《とら》えている。

対する二人も、どう判断したらいいのか決めあぐねている様子だった。

フリーズしていた暁山がゆっくりと俺を見て、眉間《みけん》に皺《しわ》を寄せた。

「どういう、ことかしら」

なんだか、ここまで邪険にされるのは久しぶりな気がする。最近は、弟妹を通じてかなり親密に話していたから。

でも悪いな、暁山。これ以外に状況を改善する方法を思いつかなかった。

郁のことを明かさないという約束は守れない。

「響汰、なぜ二人がいるのかしら」

暁山の他人行儀な声。用事があるから想夜歌を引き取って家で待っていて欲しい、と嘘《うそ》をついてこの状況を作ったのだから、今までの信用を失っても仕方ない。

「瑞貴《みずき》は学級委員だし、柊《ひいらぎ》は女子の中心だ。協力してもらったほうがいいだろ」

「答えになっていないわ。こんな騙《だま》し討ちみたいな真似《まね》して、何がしたいの？」

「心を入れ替えるんだろ？」

「学校でのことは別よ」

郁《いく》の手を引いて、細い身体《からだ》の後ろに隠す。教室にいる時のようなすまし顔だ。誰が見ても完《かん》璧《ぺき》な美少女に早変わりである。

険悪になった俺たちを見て、郁は不安げだ。

彼女の怒りはごもっともだと思う。

だけど、多少強引にでも暁山《あきやま》の価値観を変えないといけないのだ。殻にこもったままでは、今回のテストを乗り越えたとしても何度でも似た問題は噴出するだろう。そうなれば、責任感の強い暁山はまた一人で抱え込んでしまう。

事情を知っているのが俺だけではダメなのだ。

瑞貴が知っていれば配慮してくれるし、柊が暁山に友好的な態度を示せば、女子たちの嫌がらせも収まるはず。

「え、えっと、なんか喧嘩《けんか》みたいになってるけど……くれもっちゃんと暁山さんが実は付き合ってて同棲《どうせい》してる、とか……？」

「そんなわけないでしょう」

「だ、だよね～」

あははー、と柊の乾いた笑いがこだまする。助けを求めるように、俺と瑞貴を交互に見た。き、気まずい……。いや、俺が望んで招いたことだ。なんとか収拾を付けないと。

「あのな、暁山は――」

「すみちゃんは、いくのお姉ちゃんだよ」

瑞貴にくっつく想夜歌《そよか》が、俺の説明を遮った。

「想夜歌ちゃん、いくっていうのは誰かな？」

「いく！」

姉の後ろで縮こまる郁を、びしっと指差した。

名前を呼ばれた郁は、ひょっこりと顔を出して会釈《えしゃく》。知らない高校生二人から注目されて緊張気味だ。

「いくはそぉかとなかよし」

「友達なんだね」

「うん！　お兄ちゃんとすみちゃんもなかよし」

「へぇ」

瑞貴が眉を片方だけ上げて、口元を歪《ゆが》めた。

「とりあえず上がらせてもらおうかな。話も詳しく聞きたいし、そのために響汰《きょうた》は俺たちを呼んだんでしょ?」

「まあな」

「面白いことになってきたね」

瑞貴《みずき》は靴を脱ぎながら、意味深な笑みを浮かべた。

まあ、瑞貴からしたらそうだろうな。

俺はさっきから胃に穴が開きそうだよ。特に暁山《あきやま》と柊《ひいらぎ》が怖い。何が怖いって、表面上は普通の顔をしているのに目が笑っていないところ。

帰る、とでも言い出しそうだった暁山も、ようやく観念したのか大きくため息をついた。

暗い空気の中リビングに移動する。

俺と暁山が先に座り、テーブルを挟んで瑞貴、柊と向かい合う。

「けっこんのごあいさつ?」

「想夜歌《そよか》、思いついたことをすぐ口に出すのはやめなさい」

「りこん?」

そういう雰囲気《ふんいき》に見える? たしかに、空気は非常に重たいが。

いつもは広すぎるリビングも、六人もいれば少し窮屈《きゅうくつ》だ。

全員がグラスのお茶に口を付けたのを確認して、俺は冷や汗をかきながら暁山との関係をかいつまんで話し始めた。

想夜歌と郁《いく》が同じ幼稚園に通っていること。家庭の事情で、子どもの送り迎えや家事を担《にな》っていること。

それがきっかけで、俺と暁山が知り合うようになったこと。

「で、それがどうかしたの？」

一通り話し終えると、それまで黙っていた柊が口を開いた。

「暁山さんに弟がいたのは意外だったけど、別にわざわざ話してもらうほどのことじゃなくない？　他人の家族構成なんて興味ないし」

「そりゃそうだけど……俺はただ、暁山が忙しくしている理由を知ってもらおうと……」

「うんうん。暁山さんが子育てを頑張ってるのはわかったよ。それで？」

柊の大きな瞳が、まっすぐ俺を射抜く。

暁山は郁の存在をひた隠しにして、学校ではクールな才女を演じてきた。弟がいることを知られるのを恐れて、自分で勝手に理想を作り上げて。

手のひらに汗が滲《にじ》む。太ももを握りしめすぎて、スラックスに皺《しわ》が残りそうだ。

安易につれてきたのは失敗だったか？　素直に話せばわかってくれる、なんて甘い考えだったか？

柊からしたら、暁山の家庭環境なんて知ったことではない。家でどのように過ごしているかなんて、学校では関係のないことだ。

「まあまあ。響汰《きょうた》が言いたいこともわかるよ。暁山《あきやま》ちゃんは時間がないから、俺たちに手伝ってほしいってことでしょ？　お人よしだね」

「えー、手伝おうとしても断るのは暁山さんじゃん。私は最初から協力するつもりだったよ？」

「そうだね。暁山ちゃんの意見も聞いてみたいな」

俺は別にお人よしじゃない。想夜歌《そよか》のためには何でもするってだけだ。

暁山は二人の視線を無言で受け止める。いつものすまし顔に見えるが、テーブルの下で拳《こぶし》はきつく閉じられている。動揺を隠しきれていない。

けれど、瞳だけは強い光を湛《たた》えている。

「私は……私は、弟がいるけれど、それで何か変わることはないわ。別に今まで通りで大丈夫よ」

「姉ちゃんっ！」

条件反射のように返した強がりを、郁《いく》が遮った。

昨日倒れたのをもう忘れたのだろうか。一年、あるいはそれ以上の期間にわたって続けてきた見栄っ張りは、もはや筋金入りだ。

「かんぺきじゃなくていいっていったでしょ！」

子どもの癇癪《かんしゃく》、ではない。

郁の言葉は拙《つたな》いながらも本質をついて、姉の心を大きく揺さぶった。郁の怒った顔は、すぐに泣き顔に変わる。

「郁、でも……。いえ、そうよね。完璧《かんぺき》な姉にはなれないと、思い知ったはずなのに、私はまた強がってしまったわ」

暁山が郁に窘《たしな》められるという構図が定着してきたな。カッコいいお姉ちゃんどころか、目を離せない相手になりつつあるぞ。小さなナイトは大忙しだ。

暁山は穏やかに綻《ほころ》んだ顔で、郁を膝《ひざ》に乗せて抱き寄せた。

「柊《ひいらぎ》さん、雨夜《あまや》君。私は実のところ、まったく優秀じゃないわ」

昨日までの暁山なら、決して口にすることのなかった告白だ。

それは、作り上げてきたイメージを捨てることを意味する。

「本当の私は、何もできなくて、不器用で……完璧とは程遠い姉なの」

「料理なんか特に酷《ひど》いもんだ」

「酷くないわよ。ちょっと苦手なだけだと言っているでしょう。郁だっていつも食べてくれるもの」

郁は優しいからな。出されたものを嫌とは言えないだけだと思う。

「きょうた兄ちゃんのほうがすき」

ほら、郁もこう言っている。

郁の一言に、暁山の顔から自信の色がなくなった。

「い、郁《いく》？　それは響汰《きょうた》の料理のほうが好きという意味よね……？　お姉ちゃんより、こんな幼女趣味のほうがいいって意味じゃないわよね？」

「おい、だから俺は妹が好きなだけで幼女なら誰でもいいわけじゃないぞ？　姉と違って、郁はよくわかってるな！　よしよし。俺の飯のほうが美味《うま》いもんな」

「こら、私の郁から離れなさい。まったく、兄妹揃《そろ》って郁のことを誘惑《ゆうわく》して……いくら王子様のようにカッコよくて可愛《かわい》いからって……あ」

いつもの調子で俺と言い合いをしていた暁山《あきやま》は、視線に気づいて固まる。

柊《ひいらぎ》と瑞貴《みずき》はぽかんと口を開けて、俺たちのやりとりを眺めていた。

暁山はクールでも知的でも完璧《かんぺき》でもない。孤高でもない。美少女かどうかは、審議の必要があるが、学校で抱かれている幻想とは似ても似つかない、普通の女の子なのだ。

でも、それでいい。郁はもちろん、誰もそんなことは求めていないのだ。

「今のは違うの。私は、その……」

柊は数秒、じっと暁山を見つめたあと……たまらず噴き出した。

「ふっ、ふははっ、面白いっ。暁山さん、そんな子だったの？　意外～。え、全然学校と違うじゃん！」

そう一息で評した後も「あー、おかしい」と手を叩《たた》いて笑い転げた。飾らないその姿に空気が弛緩《しかん》する。

悪印象は抱いていない。柊の反応は好感触で、笑い方も嫌味な感じではなく純粋に楽しんでいるように見えた。

「そっかそっか、暁山さんはくれもっちゃんと同じで、弟君が大好きなんだね」

「ええ、可愛い弟よ」

郁をぎゅっと抱きしめて、誇らしげに言い放つ。俺はすかさず「想夜歌《そよか》のほうが可愛いけどな」と割り込む。

「何を言っているのかしら。郁より可愛い子なんているはずないじゃない」

「ふふふっ、やばっ。ブラコンじゃん！」

「否定できないわね」

真顔で肯定するものだから、柊はさらに笑い声のトーンを上げた。

隣の瑞貴も、右拳《みぎこぶし》で口元を隠して、肩を震わせている。

「……笑いすぎじゃないかしら」

「ごめんごめん。でも、素敵だと思うよ。そういう暁山さんも」

柊は両手を合わせて、声を弾ませた。

暁山は気まずそうに目を泳がせながら、ゆっくりと言葉を紡ぐ。

「えっと、だから……私は、柊さんが思うような人間ではなくて、自分一人では何もできない、無力な姉なの。一度断った手前、言いづらいのだけれど、その……」

「暁山《あきやま》さん。私と友達になってよ」

煮え切らない暁山の声を遮って、柊《ひいらぎ》がストレートに申し出た。

「私はさ。てっきり暁山さんは完璧《かんぺき》超人なんだと思ってたんだ。天才で美人で、いつも気取ってる人だぁって。私がどれだけ努力しても、敵《かな》わないんだって」

「そんな……柊さんのほうが可愛《かわい》いし、友達もたくさんいて、すごい人だと思っていたわ」

「ありがとう。私も、素直にそう思えたら良かったよね。醜《みにく》く嫉妬《しっと》して、反発して……あの子たちのこと、見て見ぬふりをしてた。ううん、加担していたようなものだよね」

柊は暁山のことを『ずるい』と言っていた。

今、その感情を本人の前で、正直に言葉にした。その行動から、真摯《しんし》さが伝わってくる。

暁山と柊は真剣な顔で、まっすぐ見つめ合った。

「だから、ごめんなさい」

柊は立ち上がって、頭を下げる。

「今さらもう遅いかもしれないけど、謝らせてほしい。それで、ちゃんと友達になりたいな。……ダメかな？」

「柊さん……。私こそ冷たい態度を取ってしまったわ。ごめんなさい。友達なんて私には恐れ多いけれど……これからは助けてもらえると嬉《うれ》しいわ」

「うん、任せてっ」

暁山も立ち上がり、柊と握手を交わす。

殴り合いに発展しないかとひやひやしていた俺は、ほっと胸を撫《な》でおろす。途中はどうなることかと思ったが、郁《いく》のおかげだな。昨日に引き続き、八面六臂《はちめんろっぴ》の活躍だ。もう郁が兄でいいんじゃないか？

暁山《あきやま》が意識を完全に変えるのは、まだ時間が掛かると思う。けど、きっかけは作れた。柊《ひいらぎ》が味方に付いてくれれば百人力だし、瑞貴《みずき》もいる。

「響汰《きょうた》の思惑通りってところかな？」

「いや、正直連れてくるところまでしか考えてなかった」

「ふーん。まあ、俺もできる範囲で協力するよ。副委員長だしね」

瑞貴は取り繕《つくろ》ったように笑みを深めて、頷《うなず》いた。続いて、連絡先を交換して盛り上がる二人に聞こえないように「響汰の恋愛にも、ね」と囁《ささや》いた。

俺の恋愛？　今は特に恋愛する気はないけどな……。

沈み始めた太陽とは対照的に、リビングの雰囲気《ふんいき》は一気に明るくなった。安心した様子の想《そ》夜歌《よか》を交えて、和《なご》やかに談笑する。

暁山の顔は、今までで一番晴れやかだった。

十六章　妹と弟が可愛すぎる。

The Love Comedy Which Nurtured With a Mom Friend

球技大会は最高気温二十八度に達すると予報される中で始まった。

暑い。教師陣は屋根付きのテントで悠々《ゆうゆう》と観戦しているのに、なんで俺たちは太陽の下なんだ。

しかし、テストが終わった解放感と、二年生になって初めての行事ということで、みんなモチベーションが高い。

男子の競技はソフトボールとサッカーで、俺はソフトボールを選択した。うだるような暑さの中でも男連中の士気は上々で、本気で勝ちに行く姿勢を見せていた。球技大会は男たちがアピールできる数少ないチャンスだ。

で、負けた。

トーナメント一回戦と、敗者同士で行われる消化試合、両方とも完膚《かんぷ》なきまでに敗北した。あまりにもあっさり負けたせいで昼食の時間にもなっていない。

いや、うん。いいんだ。うちのクラスは運動部をサッカーに集中させる作戦だからな！　きっと瑞貴《みずき》たちが勝ってくれる！

想夜歌《そよか》、ごめんよ。お兄ちゃんは勝てなかったよ……。

落ち込む俺とは対照的に、クラスの奴らは元気だ。

「よっしゃお前ら！　女子の応援行くぞ！」

「うぉおおおおお」

やっぱうちのクラスの男子アホだわ。最高だな。

自分の試合よりやる気あるだろ。

女子の競技はバスケとバレーだ。バレーは屋外コートだが……こいつらのお目当ては体育館らしい。

バスケは試合時間が短く競技人数が少ないため、二チームに分かれている。彼らの目的はまあ、だいたい予想はつく。

ソフトボール組は、体育館のギャラリーと呼ばれる立見席に梯子《はしご》を使ってぞろぞろと上がっていった。

ステージ側のハーフコートでちょうど、クラスの女子が試合をしているところだった。

「体育館あっつ」

言っても栓なきことであるが、つい口をつく。わずかでも涼を求めて金属製の柵《さく》に身を預けた。

外の日差しも堪《こた》えるが、室内は室内で空気が籠《こも》って地獄である。これでまだ六月にもなってないの？　年々暑さが増しているような気がする。

もっとも、タオルを握りしめて応援するこいつらの熱気には負けるが。

「ひかるちゃーん！　ファイトおおおお！」

「暁山《あきやま》さんの体操着姿……美しすぎる……」

「ひかる様にドリブルされたい」

「ひかるちゃんのドリブルが色んな意味ですごい」

ついて来なければ良かったかもしれん……周囲の視線が痛い。全員やばいが後半の奴とは付き合いを考えたほうがいいな……。

柊《ひいらぎ》と暁山というクラス、いや学年でも一、二を争う美少女コンビが同じチームでプレイしている。その奇跡を一目見ようと、他クラスからも男たちが集まるほどだった。

これだけ野太い声が響いていれば気になって仕方ないだろうが、そこはさすがの二人。柊は笑顔で手を振り、暁山はすまし顔で正面を見据えている。注目されるのは慣れっこか。

二人とも髪を後ろで結わえ、バンダナをヘアバンドのように通している。体育は男女別だから、あまり見られない姿だ。

「澄《すみ》、二回戦もがんばろっ」

「ええ、もちろん勝つわ。ひ、ひかる」

二人が言葉を交わして、拳《こぶし》を合わせる。麗《うるわ》しい青春の一ページ。駅貼りポスターにでも使われそうなキラキラした光景だ。

少し前まで衝突していたとは思えない。

うちで友好を結んだあと、テスト期間を経て二人はだいぶ仲良くなったらしい。

柊が味方についたことで暁山への嫌がらせは表面上なくなった。もしかしたら、柊が裏で動いたのかもしれないが、真相はわからない。

だが少なくとも、これほどスムーズに収束したのは柊のおかげだと思う。彼女のほうも、委員長の仕事を手伝う中で瑞貴《みずき》と接する機会が増えたので喜んでいた。

「澄ッ！」

コートの中で柊から暁山へパスが飛ぶ。柊はスポーツ万能で、本職のテニス以外にもおよそ全ての種目で人並み以上に動けるらしい。バスケ部に負けず劣らずの大活躍だ。

暁山を天才だとか言っていたが、柊も大概《たいがい》である。

「任せて」

暁山は運動に関しては人並みだ。身体能力は低くないものの、不器用さが足を引っ張る。

しかし、当然と言ってはなんだが秘密の猛特訓によって優秀なプレイヤーに変貌《へんぼう》していた。

勉強だけでなく行事にも手を抜くつもりはないらしい。俺も付き合わされた。

ゴール前で軽くジャンプした暁山は、綺麗《きれい》なフォームでボールを放った。

理想的な軌道を描いたボールはコーナーの中心を捉《とら》え、そのままネットをくぐり抜けた。

「うぉおおお！」

「ナイスプレイ！」

男たちの歓声が体育館の窓を揺らす。

まあ、あれだけ練習したんだから入れてもらわないとな。

「いえーい！」

柊《ひいらぎ》が駆け寄り、暁山《あきやま》の前で手を掲げた。

「い、いえー、い？」

ぎこちなくハイタッチに応じる暁山。なんとなくその様子を眺めていると、暁山と目が合った。何を思ったのかハイタッチのために上げた手をそのまま俺に向ける。

細い指を二本だけ立てて、斜めに突き出した。

口元は、よく見ないとわからないくらい控えめに緩んでいる。

「暁山さんが俺を見てピースしてる！」

「いや俺だろ。引っ込んでろ」

「は？　俺だが？」

周囲の話し声も雑音にしか聞こえず、意識にまで上ってこない。

俺は暁山から目が離せずにいた。俺と暁山だけ、時間がゆっくりと流れているようだ。

この五秒にも満たないやり取りは、四月からの俺たちの関係を象徴しているようで。

手を伸ばしても届きやしないのに、俺も精一杯手を伸ばして親指を立てた。自然と笑みが零《こぼ》

れる。

きっと、俺たちにとってはこの距離がちょうど良いんだと思う。

暁山《あきやま》は満足気に頷《うなず》くと腕を下ろし、試合に戻っていく。柊《ひいらぎ》とのコンビネーションは再び相手チームのディフェンスを貫いた。

「もう心配なさそうだな」

盛り上がるクラスメイトとボールの音に背を向けて、体育館から出た。

俺は妹が大好きなお兄ちゃんで。

暁山は弟が大好きなお姉ちゃんで。

俺たちは弟妹を通して繋《つな》がる、ママ友。

不思議な繋がりだけど、今はこの関係が心地いい。

ま、郁《いく》と想夜歌《そよか》が友達だからな。兄と姉も友達でいいだろ。


球技大会が終わり、幼稚園にお迎えに行くと、想夜歌が青いゴムボールを両手で抱えて駆け寄って来た。

「そぉかもぼーる、やる！」

幼稚園にある子ども用のボールを、頭上に掲げる。

俺が球技大会の説明をした時、目を輝かせていたもんな。幼稚園児でも、簡単なボール遊びくらいできる。柔らかく大きなボールで、ケガの心配もない。

「いいぞ！　球技大会では物足りないと思っていたところなんだ」

「早々に負けていたものね」

「想夜歌と遊ぶために体力残してたんだよ」

同じく郁を迎えに来ていた暁山が、俺に冷ややかな視線を向ける。

彼女の言う通り、午前中で惨敗したせいで午後は暇だった。

一方、暁山たち女子チームは順調に勝ち進み、学校全体で二位という好成績を残した。

暁山の勝ち誇った笑みも、今日ばかりは甘んじて受け入れよう。

「お兄ちゃん、まけたの……？」

ガーン、という効果音が聞こえてきそうな顔だ。想夜歌の手からボールが落下する。

「お兄ちゃん、さいきょーじゃなかった……」

「そ、想夜歌……。くっ、俺がもっと強かったら想夜歌に悲しそうな顔させずに済んだのにしまった。想夜歌がこんなに俺の勝利を願っていてくれたなんて。

……！」

俺は、ダメなお兄ちゃんだ……ッ。

崩れ落ちて、拳《こぶし》を地面に叩《たた》き付ける。想夜歌が落としたボールが、その横に転がってきた。

想夜歌がはっ、と息を呑《の》む。

「いまなら、お兄ちゃんをたおせる」

「ええ、想夜歌《そよか》ちゃん。全校二位の私がいれば、簡単に倒せるわ」

「すみちゃん、すごい！」

「一緒に倒しましょう」

お前だってついこの前までボロボロだったじゃないか。

なんとかシュートだけできるようになったけど、その勝利はほとんど柊《ひいらぎ》の力だ。

想夜歌は純粋な瞳をキラキラ輝かせて、暁山《あきやま》を見上げている。

「想夜歌にとって俺は倒す対象だった？」

大変だ。想夜歌が悪いお姉ちゃんにかどわかされている。負けてられない。

「……よし。想夜歌、キャッチボールするか！」

「する！」

幼稚園の先生にちらりと視線を向けると「どうぞ」と園庭を示した。

良かった。保護者でも使っていいみたいだ。最近の公園は、ボール遊び禁止の場所も多いからな。

「いくもやる？」

想夜歌は嬉《うれ》しそうにボールを拾いあげて、郁《いく》の元へ向かった。

「うん……！」

人見知りのきらいがあった郁も、想夜歌の前では無邪気に笑う。

四人で園庭の広い場所に移動し、少し距離を取って立つ。

「かったひとが、いしゃりょーげっと」

「絶対意味わかってないだろ……」

謎の宣言をした想夜歌が、両手でボールを放った。それは地面をゆっくり転がって、俺の足元に到達した。

俺はそれを拾い上げて、並び立つ想夜歌と郁に転がす。

二人はきゃーきゃー言いながらそれを追いかけた。仲良いな！

「いいぞ想夜歌！　ボール遊びの申し子だな！」

「なんてカッコイイの……。大変。郁がスポーツを始めたら、女の子たちで観客席が埋まってしまうわね……」

うちの妹は何をしても可愛《かわい》いな。

しばらく、四人でボール遊びを続ける。慣れて来たのか、想夜歌と郁は二人で遊び始めた。

「響汰《きょうた》」

「ん？　どうした？」

隣から暁山が俺の名前を呼ぶ。

暁山はそっぽを向いたまま、なぜか話そうとしない。唇の先をぴくぴく動かすばかりだ。

「なんだよ」

「い、いえ。その……。今日、とても楽しかったわ」

「おう？　それは良かったな」

暁山《あきやま》は口ごもりながら、少しはにかむ。

突然感想を言われても……。たしかに、暁山は柊《ひいらぎ》と楽しそうにしていた。今までは学校でクールな姿を崩さなかったから、新鮮だ。

「うん、良かったわ。……響汰《きようた》のおかげよ」

「俺が無様に負けたことがそんなに面白かった……？」

「違うわよ」

髪を耳に掛けて、照れるように斜めから俺を見る。

「響汰が、柊さん……ひかると仲良くなるきっかけをくれたから、楽しむことができたの。あのままだったら私、みんなに嫌われたままだったもの」

「別に、俺は大したことしてねえよ。想夜歌《そよか》と郁《いく》のおかげだろ」

「そうね。二人にも感謝しないと」

暁山が妙に素直なのはあれだな。滅多《めった》にしない運動を一日中していたから、きっと疲れているんだろう。

そうでなければ、彼女の纏《まと》う柔らかい雰囲気《ふんいき》が説明できない。

「でも、最初に動いてくれたのは響汰よ。私のことなんて関係ないはずなのに、響汰は助けてくれた。だから、ありがとう」

「お、おう。どういたしまして？」

「なによ」

「いいや、なんでも」

関係なくなんてないんだけどな。

拙《つたな》い手つきでボールを投げ合う弟妹を眺める。二人とも才能があるな！　特に想夜歌は、将来オリンピックに出場することになるだろう。うちの妹が天才すぎてすまん。

この二人の笑顔を守るためなら、俺はなんだってやるさ。

もちろん、ママ友と協力して、な。

「お兄ちゃんとすみちゃん、らぶらぶ？」

「ちげーよ。俺は想夜歌とラブラブだ」

「らぶらぶ！　すみちゃんとは、ふりん？」

「やっぱあの昼ドラアニメ、教育に悪いな？」

「そぉかは、お兄ちゃんとすみちゃん、らぶらぶだとおもう」

想夜歌はにんまりと笑って、両手を大きく広げた。

ほら、そういうこと言うと暁山がまた怒るだろ。

俺は容赦のない罵倒《ばとう》に備えて、身構える。しかし、ちらりと覗《のぞ》き見た暁山《あきやま》の顔は、うっすら赤く染まっていた。

「え？」

予想と違う反応に、俺は少したじろぐ。

俺たちの視線に気づいた暁山は、慌てて背中を向けた。

「響汰《きようた》」

「は、はい」

「私、帰るわ」

「あ、うん。そうか。またな」

暁山はそのまま顔を見せずに、園庭の隅に置いたスクールバッグを手に取った。

郁《いく》が付いてきているのを確認して、駐輪場に去っていった。

え、何あの反応。

「想夜《そよ》歌《か》、お前が変なこと言うから澄《すみ》お姉ちゃんが怒っちゃったぞ？　気を付けないとな」

「ちがうとおもう」

「明日謝ろう？」

「お兄ちゃんはだめだめ」

想夜歌が呆《あき》れたように項垂《うなだ》れた。

なんてことだ。想夜歌《そよか》に見捨てられたら生きていけない……！

「俺たちも帰るか」

「うん！　きょうはぷりん、ある？」

「あるぞ！　しかもお兄ちゃんの手作りだ！」

「てづくり……！　お兄ちゃんてんさい」

「混ぜて冷やすだけだけどな」

牛乳と混ぜるだけでプリンになる魔法の粉……もといプリンの素のおかげである。普通に美味《おい》しくて想夜歌も大好きだ。企業努力に頭が上がらない。

ボールを返却して、駐輪場まで歩く。もう暁山《あきやま》姉弟はいないか。

うきうきで自転車のチャイルドシートに座る想夜歌を見ると、さっきまでのことなんてすぐ忘れる。

とりあえず、うちの妹は今日も世界一可愛《かわい》い。

あとがき

初めまして。ペンネームの読み方がわからないと何度言われたかわからない緒二葉《おにば》です。

さて、世の中の常識が大きく変わってから二年超が経過いたしましたが、マスクをする生活にも慣れてきましたね。

今ではむしろマスク姿のほうが見慣れている人も多いくらい。

ここまで適応すると、新しいなにかに目覚めることもあるわけです。

すなわち「マスクを外すのってえっちじゃん」という感覚です。

こんな経験はありませんか？

新たな学校、新たなクラス、新たな職場……ほとんどマスクをした状態でしか関わったことのない相手がお昼休みに食事をするとき、こっそりチラ見。

ちょっと悪いことをしているみたいでドキドキしますよね。

こういうことを考えてしまうのがラノベ作家の、いや男の性《さが》。普段隠されている部分であればなんでもいいのでしょうか。単純ですね。

日本男子諸氏におかれましては全員同様の想いを抱えているかと思います（過言）。

しかもですよ？　マスクは常に口に触れているわけですから、素顔だけではなく、マスクそのものもやはりえっちなんですよ。ほぼ下着じゃんこんなん……。

　はっ、ということは衆目の中でマスクを外すのは、露出魔と同じことなのでは？　始まったな……。

　というわけで、鉄仮面のマスク美少女からマスクを剝《は》ぎ取るために死力を尽くす男たちのバトルコメディ。あの手この手を使ってなんとかマスクを外させようとするが、彼女の防御は鉄壁で……？　２４００年1月1日に発売します。嘘《うそ》です。

　くだらないことを書いていたら文字数を稼げたので、以下は真面目な謝辞で埋めようと思います。

　まずは無数に小説があるネットの海から私の作品を見つけてくださった担当編集様。あなたがいなければ出版されることはありませんでした。ありがとうございます。

　そしてイラストを担当してくださった、いちかわはる先生。言葉が出ないくらい素晴らしいイラストの数々、届くたびに感涙しながらノーパソの壁紙にしていました。また、真っ先に原稿を読んでお褒《ほ》めの言葉をくださったのも励みになりました。ありがとうございます。

　次に小学館様、書店様を始めとする出版に関わった全ての方にも、厚く御礼申し上げます。

　なにより、この本を手に取ってくださったみなさま。少しでも笑顔と感動をお届けできましたら至上の喜びでございます。またお会いしましょう。

緒二葉

GAGAGAGAGAGAGAGAGAGAGA

負けヒロインが多すぎる！

著／雨森《あまもり》たきび

イラスト／いみぎむる
定価 704 円（税込）

観ぼっちの温水和彦は、クラスの人気女子・八奈見杏菜が男子に振られるのを
目撃する。「私をお嫁さんにするって言ったのに、ひどくないかな？」
これをきっかけに、あれよあれよと負けヒロインたちが現れて——？

GAGAGAGAGAGAGAGAGAGA

現実でラブコメできないとだれが決めた

著／初鹿野《はじかの》 創《そう》

イラスト／椎名《しいな》くろ

定価：本体 660 円＋税

「ラブコメみたいな体験をしてみたい」と、誰しもが思ったことがあるだろう
だが、現実でそんな劇的なことは起こらない。なら、自分で作るしかない！
これはラノベに憧れた俺が、現実をラブコメ色に染め上げる物語。

ガガガ文庫6月刊

塩対応の佐藤さんが俺にだけ甘い6.5

著／猿渡《さわたり》かざみ

イラスト／A《あ》ちき

新規書き下ろし中編を追加して、シリーズ1〜6巻の店舗特典SSやTwitter限定公開SSを全て収録！　さらに、佐藤さんと押尾くん、そして彼らの日常を彩る人々の365日を記録したファン必携の短編集！

ISBN978-4-09-453071-1（ガさ13-7）　定価660円（税込）

高嶺さん、君のこと好きらしいよ

著／猿渡《さわたり》かざみ

イラスト／池内《いけうち》たぬま

「高嶺さん、君のこと好きらしいよ」風紀委員長・間島の耳にしたそんな噂は……なんと高嶺さん本人が流したもの!?　高嶺の花vs超カタブツ風紀委員長！　恋愛心理学で相手を惚れさせろ！　新感覚恋愛ハウツーラブコメ！

ISBN978-4-09-453076-6（ガさ13-8）　定価704円（税込）

董白伝 〜魔王令嬢から始める三国志〜5

著／伊崎喬助《いざききょうすけ》

イラスト／カンザリン

激闘の末、呂布を打ち破った董白。ところが息つく間もなく、曹操が南に進軍してくる。劉備兄弟も参戦し、ついに三国の英傑たちが一同に見える――！　魔王令嬢のサバイバル三国志、いざ決戦の刻!!

ISBN978-4-09-453072-8（ガい7-9）　定価726円（税込）

変人のサラダボウル3

著／平坂《ひらさか》 読《よみ》

イラスト／カントク

学校に通うことになったサラは、入学早々波乱を巻き起こす。友奈、ブレンダ、閑たちにも変化が訪れ、リヴィアのジェットコースター人生もますます混沌としていき――。変人達の奇想天外おもしろ群像喜劇第三弾!!

ISBN978-4-09-453073-5（ガひ4-17）　定価660円（税込）

魔女と猟犬3

著／カミツキレイニー

イラスト／LAM《ラム》

瀕死のロロを蘇生させるため“海の魔女”と出会うべく、船で大陸を南下するテレサリサたち。だが、“海の魔女”ことブルハは、イナテラ海で名を馳せる海賊の一人。話が通じるかどうかもわからない相手だった……。

ISBN978-4-09-453070-4（ガか8-15）　定価847円（税込）

ママ友と育てるラブコメ

著／緒二葉《おにば》

イラスト／いちかわはる

妹が大好きなシスコンな高校生、昏本響汰。彼は妹の入園式にて、クールで美人なクラスメイト・暁山澄を発見する。お互い妹・弟の世話をしており、徐々に仲が深まっていく。そう、まさに二人の関係は“ママ友”だ。

ISBN978-4-09-453075-9（ガお10-1）　定価682円（税込）

霊能探偵・藤咲藤花は人の惨劇を嗤わない2

著／綾里《あやさと》けいし

イラスト／生川《なまかわ》

藤咲の本家からの逃亡生活を続ける藤花と朔。そんな二人のもとに、未来視の「永瀬」の遣いが訪れる。匿いを対価に二人に示される、愛ゆえの地獄。それは『少女たるもの』になれなかった誰かの、在りし日の恋の残滓。

ISBN978-4-09-453074-2（ガあ17-2）　定価660円（税込）

ガブックス

ハズレドロップ品に【味噌】って見えるんですけど、それ何ですか?2

著／富士《ふじ》とまと

イラスト／ともぞ

騒動の後、指名依頼のためサージスと別れたシャルとリオは、王都で買い物をすることに。すると、クナイと呼ばれる不思議な道具を発見する。また、カニ・ウニ・トリュフなど、今回も美味しい食材がたくさん登場！

ISBN978-4-09-461162-5　定価1,540円（税込）

GAGAGA

ガガガ文庫

ママ友と育てるラブコメ

緒二葉

発行　2022年6月22日　初版第1刷発行

発行人　鳥光 裕

編集人　星野博規

編集　大米 稔

発行所　株式会社小学館
〒101-8001 東京都千代田区一ツ橋2-3-1
[編集]03-3230-9343　[販売]03-5281-3556

カバー印刷　株式会社美松堂

印刷・製本　図書印刷株式会社

©ONIBA　2022
Printed in Japan　ISBN978-4-09-453075-9

造本には十分注意しておりますが、万一、落丁・乱丁などの不良品がありましたら、「制作局コールセンター」(フリーダイヤル0120-336-340)あてにお送り下さい。送料小社負担にてお取り替えいたします。(電話受付は土・日・祝休日を除く9:30～17:30までになります)
本書の無断での複製、転載、複写(コピー)、スキャン、デジタル化、上演、放送等の二次利用、翻案等は、著作権法上の例外を除き禁じられています。
本書の電子データ化などの無断複製は著作権法上の例外を除き禁じられています。代行業者等の第三者による本書の電子的複製も認められておりません。

ガガガ文庫webアンケートにご協力ください
毎月5名様 図書カードプレゼント!
読者アンケートにお答えいただいた方の中から抽選で毎月5名様にガガガ文庫特製図書カード500円を贈呈いたします。
http://e.sgkm.jp/453075
応募はこちらから▶
(ママ友と育てるラブコメ)

第17回小学館ライトノベル大賞
応募要項!!!!!!!!!!!!!!!!!!!!!!!!!

ゲスト審査員は武内 崇氏!!!!!!!!!!!!!!!

大賞：200万円＆デビュー確約
ガガガ賞：100万円＆デビュー確約
優秀賞：50万円＆デビュー確約
審査員特別賞：50万円＆デビュー確約

第一次審査通過者全員に、評価シート＆寸評をお送りします

容 ビジュアルが付くことを意識した、エンターテインメント小説であること。ファンタジー、ミステリー、恋愛、Fなどジャンルは不問。商業的に未発表作品であること。
同人誌や営利目的でない個人のWEB上での作品掲載は可。その場合は同人誌名またはサイト名を明記のこと）

考 ガガガ文庫編集部＋ゲスト審査員 武内 崇

格 プロ・アマ・年齢不問

稿枚数 ワープロ原稿の規定書式【1枚に42字×34行、縦書きで印刷のこと】で、70～150枚。
手書き原稿での応募は不可。

募方法 次の3点を番号順に重ね合わせ、右上をクリップ等(※紐は不可)で綴じて送ってください。
作品タイトル、原稿枚数、郵便番号、住所、氏名（本名、ペンネーム使用の場合はペンネームも併記）、年齢、略歴、電話番号の順に明記した紙
800字以内であらすじ
応募作品（必ずページ順に番号をふること）

募先 〒101-8001 東京都千代田区一ツ橋 2-3-1
学館　第四コミック局　ライトノベル大賞係

ebでの応募 GAGAGA WIREの小学館ライトノベル大賞ページから専用の作品投稿フォームにアクセス、必情報を入力の上、ご応募ください。
データ形式は、テキスト(txt)、ワード(doc、docx)のみとなります。
Webと郵送で同一作品の応募はしないようにしてください。
同一回の応募において、改稿版を含め同じ作品は一度しか投稿できません。よく推敲の上、アップロードください。

め切り 2022年9月末日（当日消印有効）
Web投稿は日付変更までにアップロード完了。

表 2023年3月刊『ガ報』、及びガガガ文庫公式WEBサイトGAGAGAWIREにて

意 ○応募作品は返却致しません。○選考に関するお問い合わせには応じられません。○二重投稿作品はっさい受け付けません。○受賞作品の出版権及び映像化、コミック化、ゲーム化などの二次使用権はすべて小館に帰属します。別途、規定の印税をお支払いいたします。○応募された方の個人情報は、本大賞以外の目的利用することはありません。○事故防止の観点から、追跡サービス等が可能な配送方法を利用されることをおすすします。○作品を複数応募する場合は、一作品ごとに別々の封筒に入れてご応募ください。